그대ˋ만나려고
물 ⁄ 너머로 ⁄ 연밥을 ⁄ 던졌다가

그대 만나려고
물 / 너머로 / 연밥을 / 던졌다가

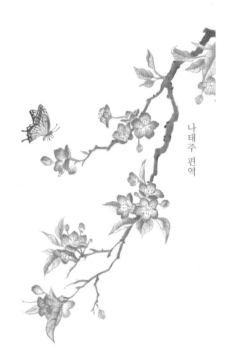

허난설헌 시선집

나태주 편역

RHK
알에이치코리아

ᄀᆞ을날씨ᄽᅵᆺᄒᆞᆫ긴호슈는

옥이흐르는듯ᄒᆞᆯ너

연꼿슈북ᄒᆞᆫ고더

작은비를믹여두엇지요

그더문나려고

물너머로연닙을던졋다가

멀니셔놈의기들키여

반나졀니붓쓰러웟답니다

낙화, 슬퍼서 더 아름다운

_난설헌 허초희의 생애와 시

    시인 난설헌蘭雪軒 허초희許楚姬 선생(1563~1589)은 조선시대에 우뚝한 여성 시인이었습니다. 주목할 만한 조선 시대의 여성 시인으로는 이매창, 황진이, 홍랑, 이옥봉 같은 분들이 있었으나 앞의 세 분은 기생 출신이었고, 이옥봉 한 분만 허난설헌과 더불어 사대부집 부인이었습니다. 그러나 이 모든 여성 시인들 가운데 시 작품의 편수로나 품격의 높이로나 발군의 시인은 허난설헌입니다. 성리학과 남성 중심이던 조선 시대에 요요히 빛나는 꽃송이 같은 시인이라 할 것입니다. 시인의 연보나 시 작품을 읽다 보면 가슴이 절로 저려오는 바가 없지 않습니다.

    어쩌면 이러한 돌연변이 같은, 기적 같은 시인이 나올 수 있었을까요? 우선 시인의 집안 내력에 이유가 있는 것 같습니다. 시인의 집안은 영천 허씨 집안. 고려 시대부터 대대로 높은 벼슬을 해왔으며 훌륭한 문장가를 많이 배출한 집안이었습니다.
아버지 초당草堂 허엽(許曄, 1517~1580)을 비롯하여 허성, 허봉,
허균과 같은 남자 형제들은 조정의 높은 벼슬(대사성, 대사간, 판서,
부제학, 목사 등)을 두루 거치면서 좋은 문장을 많이 남긴 문인들
이었습니다.

그래서 후세 사람들은 아버지 허엽, 아들 성筬, 봉篈, 균筠과
초희를 합하여 이들 다섯 사람을 오문장가五文章家라 일컬었습
니다. 이리 보든 저리 보든 명문가 집안이라 아니할 수 없습니
다. 여기에는 아버지 허엽의 영향이 커 보입니다. 아버지는 강
직하면서도 개방적인 성격으로 선진문화와 글을 사랑하는 분
이었다고 합니다. 사신으로 중국에 여러 차례 다녀올 때도 다른
이들은 비단을 사 와 돈을 남기는데 이 분만은 자녀들을 위해

서책을 사 왔다고 합니다.

달라도 무언가 많이 다른 것입니다. 분위기가 다른 것입니다. 난설헌이 태어난 것은 집안이 가장 융성할 때였습니다. 허엽은 첫째 부인에게서 1남 2녀를 낳고 둘째 부인에게서 2남 1녀를 얻었는데 난설헌은 둘째 부인 김씨에게서 태어났습니다. 허엽은 아들에게만 교육의 기회를 준 것이 아니고 딸에게도 교육의 기회를 고르게 주었습니다. 그래서 난설헌 같은 시인이 나올 수 있었던 것입니다.

난설헌의 본명은 초희楚姬이고 자는 경번景樊이며 난설헌蘭雪軒은 당호堂號입니다. 초희는 '미녀와 재원才媛'을 뜻함이고 경번은 중국의 여성시인 번희樊姬를 사모해서 지은 이름입니다. 난설헌의 난蘭은 '여성의 미덕을 찬미한다'는 뜻이며 설雪은 '지혜롭고 문학적 재능을 지닌 여성' 또는 '고결하면서도 뛰어난 문재를 지닌 여성'이라는 뜻으로 지은 당호라고 합니다. 말하자면 소망을 마음껏 담은 이름들이라 하겠습니다.

난설헌은 태어나면서 이렇게 사랑을 받았고 문화적이면서도 유복한 가정환경 속에서 자랐습니다. 그에게 한집안에서 사는 부모와 형제는 스승이었습니다. 특히 둘째 오빠 하곡荷谷 허봉 (許篈, 1551~1588)은 난설헌에게 특별한 오라비였으며 스승이었고 시문의 동료였습니다. 하곡은 자신의 문우이며 당대 최고의 감성파 시인이던 손곡蓀谷 이달李達에게 난설헌과 허균許筠의 시문 공부를 부탁하여 그로부터 글을 배우게 돕기도 했습니다. 그리하여 난설헌은 아우 허균과 함께 당대로서는 드물게 사대부 집안 자녀이면서도 서민의 삶을 이해할 줄 아는 사람이 됩니다. 글 스승 손곡의 영향입니다.

뿐만 아니라 하곡은 중국에 다녀오는 길에 문단공文端公 소보邵寶가 당나라 시인 두보의 칠언율시만 골라 편찬·주해한 『두율杜律』한 권을 구해두었다가 19세가 된 난설헌에게 선물하기도 했습니다. 이것은 모두 누이동생 난설헌의 시재를 아끼고 북돋기 위한 육친의 애씀이었습니다. 이러한 평생의 지기요 스승이었던 하곡이 정쟁에 휩싸여 갑산으로 귀양을 갈 때 난설헌은 14세의 나이로 시를 지어 올리기도 했습니다. 하곡 또한 동생에게 답시를 지어 보냈습니다. 불행한 삶 속에서도 참으로 의연하고 기품있는 선비 집안의 모습이 아닐 수 없는 일입니다.

난설헌은 일찍이 8세에「광한전 백옥루 상량문」이란 글을 지어 신동이라는 칭찬을 들었다고 합니다. 난설헌은 외가인 강원도 강릉 초당리에서 출생, 10여 세까지 성장했으며 아버지를 따라 당대의 훌륭한 인물들이 많이 살던 서울의 건천동에서 살았다는 기록이 있습니다. 그러다가 15세경 오빠 하봉의 중매로 김성립金誠立과 혼인을 합니다. 김성립은 하봉과 동문수학한 사이인 김첨金瞻의 아들이 되는 사람입니다.

그러나 여기까지가 난설헌의 밝은 시절이고 그다음은 어두운 날들입니다. 결혼생활은 평탄하지 못했고 불행은 겹쳐왔습니다. 나이 들도록 과거에 급제하지 못하고 공부하는 남편과 사이가 좋지 않았으며 시어머니로부터도 인정을 받지 못하는 며느리였습니다. 게다가 어렵게 출산한 두 아이를 잃고 뱃속에 있던 아이마저 잃자 난설헌은 극심한 비통의 나락에 빠집니다. 불행은 거기에 그치지 않고 친정아버지 허엽이 외직에 머물다 돌아오는 길에 세상을 떴으며 평생의 스승이자 글벗이기도 했던 오라버니 하곡마저 실각의 고통과 과음으로 황달이 생겨 38세의 이른 나이로 요절하고 맙니다.

불행과 비통함이 극에 이른 것이지요. 재주 있고 기백이 넘쳤던 여인네는 결코 평범한 아내와 며느리로 살 수 없었던 세상이었던가 봅니다. 천부적 시인은 그 스스로 운명을 짐작하기라도 했던 것일까. 난설헌은 꿈에서 본 풍경을 한 편의 시로 짓고 스물일곱 나이에 홀연히 세상을 버립니다. 특별한 병을 앓고 있던 것도 아니었다 합니다. 그야말로 그것은 만개한 한 송이 꽃의 낙화입니다. 아니, 그때 시인의 나이가 스물일곱 살이었다니 스물일곱 송이 꽃의 낙화입니다. 뿐더러 죽기 전에 자신이 지은 시를 모두 불살라 달라는 유언까지 남겼다니 참으로 안타까운 일입니다. 죽기 전에 지은 시는 이렇습니다.

> 푸른 바닷물이 구슬 바다를 넘나들고
> 파란 난새가 채색 난새와 어울렸구나.
> 부용꽃 스물일곱 송이 붉게 떨어지니
> 달빛 서리 위에서 차갑기만 하여라.

—「꿈에 광상산에 노닐다」 전문

이 작품은 시인으로서는 절명시絶命詩, 사세시辭世詩요, 스님으로 치면 오도송悟道頌인 셈입니다. 그렇지만 시인으로서 허난설헌의 생애는 거기서부터 다시 시작됩니다. 하나의 새로운 출발이지요. 시인이 죽은 지 1년 뒤에 시인의 아우 허균은 시집 출간을 준비합니다. 막내로 태어난 허균은 어린 나이에 아버지 허엽을 여의고 형들과 누나의 사랑을 받으며 성장합니다. 누나 난설헌과 함께 손곡에게서 시문을 익혔으므로 삶에 대한 진정성과 서민을 이해하는 마음이 있었습니다. 뿐만 아니라 기억력이 뛰어나 글을 외우는 재주가 있었는데 그렇게 외우는 글 가운데에는 누이 난설헌의 글도 있었다고 합니다. 기록에 의하면 정유재란 때 명나라에서 군인 신분으로 원정 나온 문인 오명제吳明濟에게 200편이나 되는 난설헌의 시를 외워주었다고 합니다.

이렇게 해서 하마터면 영원히 사라질 뻔했던 난설헌의 시는 세상에 남겨졌습니다. 허균은 자신이 외우고 있는 시와 난설헌의 친정에 남아 있던 작품들을 모아 시집 『난설헌집』을 엮습니다. 그런 다음 서애西厓 유성룡柳成龍에게 부탁하여 발문을 받은 뒤(1590년) 그 발문을 넣어 만든 몇 권의 필사본 시집을 지인들에게 나누어줍니다. 그러나 임진왜란으로 시집의 원본을 잃고 시집 출간의 길이 잠시 막히는데 그로부터 10여 년 뒤 공주목사가 된 허균이 지인으로부터 필사본을 얻어서 1608년 8월 공주목의 재정으로 목판본『난설헌집』을 출간하였습니다.

한편 난설헌의 작품은 조선(한국)보다 중국에서 먼저 알려집니다. 앞서 말한 명나라의 문인 오명제가 채집하여 중국에서 엮은『조선시선』에 난설헌의 시가 58수 수록되고, 역시 명나라 장수 남방위藍芳威가 수집하여 엮은『조선고시』에도 난설헌의 시가 25수 수록되어 중국의 독자들에게 알려졌기 때문입니다. 이렇게 된 것은 임진왜란과 정유재란과 같은 전쟁으로 인해서인데 비록 전쟁은 비극적인 일이지만 문화적 교류에는 의외의 역할을 한 면도 있었다 하겠습니다.

더불어 중국에는 명나라 말기부터 청나라 시기까지 여성 시인들이 대거 출현, 활동하기도 했던 유행 덕분이기도 합니다. 또 하나는 난설헌의 시적 소재나 정서적 바탕이 대륙적이어서 어떤 작품은 중국 시인들의 그것보다도 더욱 중국적인 면이 있기 때문이 아닌가 싶습니다. 이런 가운데 난설헌의 몇 작품은

참으로 아름다운 조선 여인네의 정서가 고스란히 스며 있어서
오늘날 읽어도 너무나 아름답고 가슴 저리도록 감동적입니다.

가을날 깨끗한 긴 호수는
푸른 옥이 흐르는 듯 흘러
연꽃 수북한 곳에
작은 배를 매어두었지요.

그대 만나려고
물 너머로 연밥을 던졌다가
멀리서 남에게 들켜
반나절이 부끄러웠답니다.

___「연밥 따기 노래」 전문

조선 명문가 여인네의 시로 보기에는 너무나도 자유분방하
여 호방하기까지 한 작품입니다. 인간의 본성을 있는 그대로 드

러냄으로 짐짓 미소를 자아내게 합니다. 예나 이제나 시의 본질
과 정서적 감동이란 것은 솔직하고 담백한 내면의 고백과 하소
연에 있음을 모범적으로 보여주는 아름다운 작품입니다.

지난해 귀여운 딸을 잃었고
올해는 또 사랑하는 아들이 떠났네.
슬프고도 슬프다, 광릉의 땅이여
두 무덤이 나란히 마주 보고 있구나.

사시나무 가지에는 오슬오슬 바람이 일고
숲속에선 도깨비불 반짝이는데
지전 태우며 너의 넋을 부르며
너의 무덤 앞에 술잔을 붓는다.

안다, 안다. 어미가 너희들 넋이나마
밤마다 만나 정답게 논다는 것.
비록 뱃속에 아기가 있다 하지만

어찌 제대로 자라기나 바랄 것이냐.

하염없이 슬픈 노래 부르며
피눈물 슬픈 울음 혼자 삼키네.

                          __「아들의 죽음에 울다」 전문

    굳이 사설과 설명이 필요치 않은 작품입니다. 이 세상 슬픔과 고통 가운데 가장 크고도 힘겨운 것으로 참척慘慽을 꼽습니다. 사전적 해석으로 보아 그것은 '자손이 부모나 조부모보다 먼저 죽는 일'입니다. 자식은 마땅히 부모 세대보다 오래 살아서 부모를 빛내주어야 하고 부모의 생명을 이어주어야 할 자들입니다. 그러한 자식이 부모 먼저 세상을 등지다니! 그것도 한 아이가 아니고 딸아이에 이어서 아들까지! 여기에 설명이 필요치 않은 한 여인네의 불행이 있고 통곡이 있습니다. 여인네의 불행과 고통과 슬픔은 비록 어제의 것이지만 여전히 오늘의 것이기도 합니다. 시 작품에 그것이 고스란히 담겨 오늘날까지 이어지기 때문입니다.

시문의 영원함이여. 영광이여. 난설헌, 시인은 죽었어도 여전히 오늘에 살아 있는 사람입니다. 마땅히 좋은 시인은 언제든 그러해야 했습니다. 시인의 육신은 죽어서 세상에서 사라져도 시인이 남긴 문장은 살아 있어 시인도 따라서 살아서 숨 쉬는 사람이 됩니다. 난설헌, 그는 결코 어제의 시간에 머무는 시인이 아닙니다. 과감히 오늘의 시인이며 하염없이 또 내일의 시인인 것입니다.

나태주(시인)

초희 아씨

나태주

아씨, 초희 아씨
지금쯤 어디에 계신지요?
시를 짓다 터진 눈물
솟구친 울음바다
이제는 진정이 되셨는지요?

난분분 난분분
눈발 날리는 날
강릉이라 초당동
아씨네 집 찾아와
격자 창문 어둠 보며
울먹여봅니다.

세상 사는 일이사
그제나 이제나
만만하기만 하겠는지요!

힘겨운 삶 속에서도
시의 문장에 마음을 실었기로
아씨는 이제 몇백 년을 살고서도
앞으로도 몇천 년
살아갈 목숨.

마루 대청 저 너머
울음인 듯 통곡인 듯
내려 쌓이는 눈발 속에
오히려 꼿꼿이 꽃대를 세워
지지 않는 꽃
난초꽃 한 송이
오늘에도 봅니다.

차
례

1장

당신과 목란배의

노를 저어요

연밥 따기 노래

가을날 깨끗한 긴 호수는
푸른 옥이 흐르는 듯 흘러
연꽃 수북한 곳에
작은 배를 매두었지요.

그대 만나려고
물 너머로 연밥을 던졌다가
멀리서 남에게 들켜
반나절이 부끄러웠답니다.

횡당 못가에서

1

연밥과 가시가 자라 옷자락을 잡는데
해 저문 물가에 썰물은 빠지지 않았어요.
연잎으로 머리를 가려 화관을 삼고
연꽃으로 띠를 둘러서 노리개 삼았지요.

2

연꽃의 향기 시들고 비바람은 거센데
어여쁜 아가씨들 죽지가* 노래 불러요.
횡당* 못 어구에 해는 저물어 저물어
안개 속에 노 젓는 소리만 삐걱거리네요.

• 사천 지방 민요 「죽지사竹枝詞」에서 따온 노래로 사천 지방
의 풍속과 여성의 정서가 담겼다.
• 남경 서남쪽 강어귀에 있는 둑 이름이다. 이곳에 장간리라는
유흥가가 있었다고 한다.

화분에 저녁 이슬 각시방에 어리면
아가씨 가늘고도 긴 손가락 가락.
돌절구에 찧어서 배춧잎으로 말아
귀고리 울리며 등잔 불빛 아래 동여맸지요.

새벽에 일어나 주렴 걷으려니
반갑게도 붉은 별이 거울에 비치네요.

풀잎을 뜯을 때는 붉은 호랑나비 나는 듯
가야금 타노라면 복사꽃잎 흩날리는 듯

토닥토닥 분 바르고 머리 곱게 매만지니
소상반죽 피눈물*의 자국인 듯 곱기도 해요.
이따금 붓을 들어 눈썹을 그릴 때면
붉은 빗방울이 눈썹에 스치는 듯 그래요.

• 순임금이 창오산에서 죽자, 두 왕비인 아황과 여영이
소상강에서 남편의 시체를 끝내 찾지 못하고 피눈물
을 흘렸다고 한다. 소상반죽瀟湘斑竹은 그 피눈물이
대나무에 스며 만들어낸 얼룩을 말한다.

장간리의 노래

1

사는 집이 장간리* 마을에 있어
장간리 길을 오가며 살았었지요.
꽃가지 꺾어 님에게 묻기도 했었죠.
내가 더 예쁜가요, 꽃이 더 예쁜가요?

* 남경에 있던 마을. 이곳을 배경으로 남녀의 정한을
다루는 악부체 시 「장간행長干行」이 많이 지어졌다.

2

간밤에 남풍이 건뜻 불어닥쳐

배의 깃발 펄럭이며 파수•를 향했지요.

북에서 온 사람을 만나 물으니

님께선 양자강에 계신다 그러네요.

• 중국 삼협三峽 일대의 양자강 상류를 가리키는 말.

강남
노래

1

강남의 날씨는 날마다 좋아
비단옷에 머리꽂이까지 곱게 보여요.
끼리끼리 어울려 마름을 따러
나란히 목란배의 노를 저어요.

2

남들은 강남이 좋다 그러하지만
나는요 강남이 서럽기만 해요.
해마다 모래밭 포구에 나가
돌아오는 배를 기다려 애만 태우니까요.

3

호수에 첫 달빛이 우련 비치면
연밥 따서 한밤중에 돌아오는 길.
그렇지만 노 저어 언덕까진 가지 마셔요
잠을 자는 원앙새 놀란답니다.

4

강남 땅 마을에서 낳고 자랐기에
어렸을 적엔 이별할 일 없었지요.
어찌 알기나 했겠어요, 열여섯 나이
뱃사공의 아내 되어 시집갈 줄이야.

5

연붉은 연꽃으로 치마 만들고
새하얀 마름꽃으로 노리개를 만들었지요.
배를 세워 두고 물가로 내려가
둘이서 물 빠지기를 기다리기도 했지요.

서릉의 노래

1

소소 기생*의 문 앞에 꽃이 활짝 피면
버들가지가 술에 취해 잔을 스쳤지요.
밤이 깊어지면 취한 손님들 붙들고
그림 수레 타고서 달밤에 돌아왔지요.

2

전당 강가에 바로 우리 집 있는데
오월이면 연꽃이 피기 시작했지요.
검은 머리 반쯤 늘어뜨리고 졸다가 새로 깨어
난간에 기대어 한가로이 뱃노래도 불렀지요.

• 절강성 항주의 고산 일대로 환락가로 이름났던 곳이다.
• 옛날 전당錢塘의 유명한 기생 소소소蘇小小를 가리킨다.

둑길 위에서

십 리 길 긴 둑에 실버들가지 늘어지고
물 건너 연꽃 향기가 나그네 옷에 가득하네요.
남쪽 호수에 밤새도록 달이 밝아서
처녀애들 다투어 죽지사 노래 불러요.

그네뛰기 노래

1
이웃집 벗님네와 내기 그네 뛰었어요.
띠를 매고 수건 쓰고 신선놀음 같았지요.
바람 차고 오색 그넷줄 하늘로 높이 오르자
쟁그랑 노리개 소리 버들에 먼지가 일었지요.

2

그네뛰기 마치고는 꽃신을 신었지요.
숨이 가빠 말도 못하고 층계에 섰어요.
매미 날개 베적삼에 땀이 촉촉이 스며
떨어진 비녀 주워달라는 말도 못 하고 말았지요.

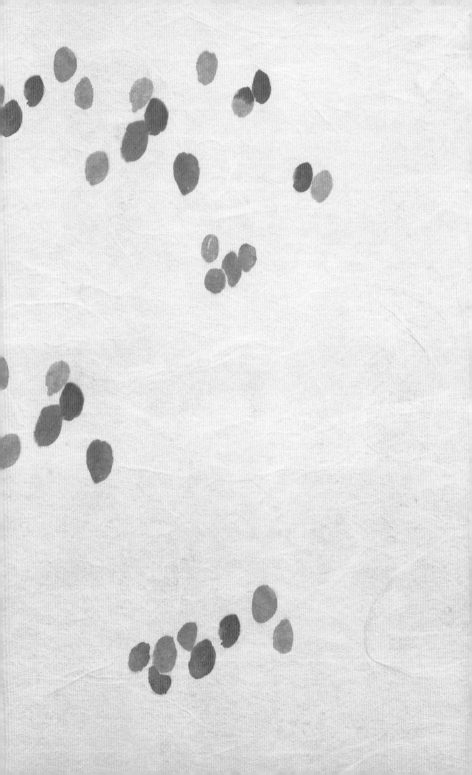

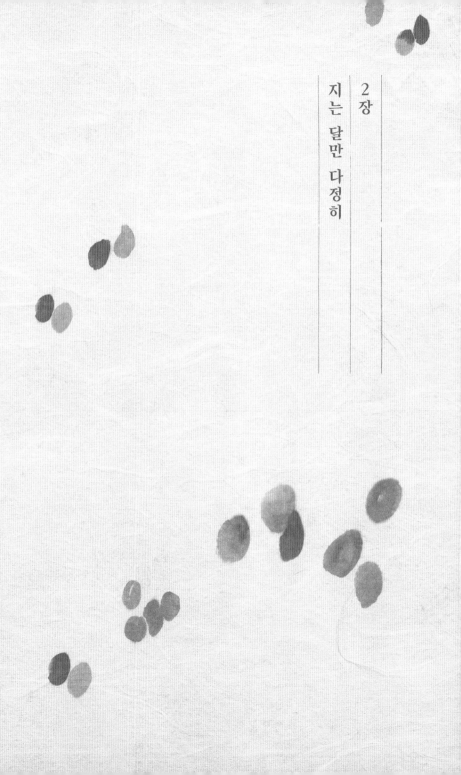

2장

지는 달만 다정히

하곡
오라버니께

어둑한 창가에 촛불 나직이 흔들리는 밤
반딧불은 높은 지붕을 날아 넘네요.
깊은 밤 시름겨워 더욱 쌀쌀한데
우수수 나뭇잎은 떨어져 땅에 굴러요.

산과 물이 막혀 소식조차 뜸하니
오라버니 생각으로 시름을 달랠 길 없어요.
멀리 청련궁˙에 계신 오라버니 그리워하니
산기슭 다래 넝쿨 사이 달빛도 흐느껴요.

˙ 시인 이백의 아호가 청련거사였다. 청련궁은 난설헌의 둘째
  오라버니인 시인 허봉이 귀양 가 있는 곳을 말한다.

님을 그리며

자줏빛 퉁소 소리 붉은 구름 흩어지니
주렴 밖 찬 서릿발 우지짖는 앵무새
깊은 밤 비단 휘장 비추는 그윽한 촛불
때때로 성긴 별이 은하수 건너는 것 바라보아요.

또르륵 물시계 소리 서풍에 묻어오고
이슬 맺힌 오동나무 저녁 벌레 우는데
명주 수건으로 훔치는 깊은 밤의 눈물
내일이면 점점이 붉은 자국으로 남겠지요.

봄의
노래

고요해요, 뜨락은. 살구 꽃잎 위에 봄비 내리고
나는 꾀꼬리, 백목련 핀 언덕에서 울어요.
수실 늘어진 비단 휘장에 꽃샘추위 스며들고
박산˚ 향로에서 한 줄기 연기가 올라요.

어여쁜 사람 잠에서 깨어 화장을 고치니
향그런 비단옷 허리띠에 새겨진 원앙 무늬.
겹으로 드리워진 발을 거두고 비취 휘장 치고서
시름없이 은쟁˚을 잡고 한가락 봉황곡˚을 타지요.

금 굴레 잡고 안장 위에 계시던 내 님은 어디 가셨나?
다정한 앵무새만 둘이서 창가에 속삭여요.
풀섶에서 노닐던 나비는 뜨락을 날아 사라지고
꽃그네 줄 엮어 난간 밖까지 날아올라요.

어느 집 연못가에서 피리소리 들려오는가.

금 술잔 위로 요요한 달빛만 노니는데

시름 많은 아낙은 밤새 홀로 잠 못 이루어

날 밝으면 비단 수건에 눈물 자국만 가득하여요.

• 바닷속에 있다는 신선의 산이며 이 시에서는 박산 모양을 본뜬 향로를 뜻한다.
• 쟁箏은 현악기 가운데 하나이며 은쟁은 은으로 만들어진 쟁이다.
• 작자 · 연대 미상의 평민 가사로 부부간의 금실을 노래한 곡이다.

여름의 노래

느티나무 그늘이 짙어 꽃그늘이 옅으나
대자리 평상에 누각이 시원해요.
새하얀 모시적삼엔 구슬 같은 땀방울 어룽지고
부채질 바람결에 비단 휘장이 하늘거려요.

섬돌 옆 석류꽃은 피었다가 지고
햇살에 주렴 그림자 추녀 끝에 있어요.
대들보에 머무는 햇살은 길어 새들은 좋아라 놀고
약초밭 울타리엔 벌들이 닝닝거려요.

수 놓던 손 지쳐서 낮잠 좀 자려다가
비단 방석 위로 봉황 비녀 떨구었고요.
이마 위에 땀방울은 송글송글
꾀꼬리 울음소리 강남 꿈을 설핏 깨워요.

남쪽 연못에 동무들 불러 목란배 타고
한 아름 연꽃 따서 나루터로 돌아오며
천천히 노를 저어 채릉곡 노래 부르니
물결 사이로 놀라서 날아가는 갈매기 두 마리.

가을의 노래

비단 장막으로 스산한 기운이 몸에 스미는 밤
빈 뜨락에 이슬 내려 쓸쓸한 병풍.
연꽃 시들어도 향내 밤새도록 맴도는데
우물가 오동잎 져서 가을 그림자 사라졌어요.

물시계 물방울 소리만 하늬바람에 울고요
주렴 밖 서릿발에 벌레 소리 구슬퍼요.
베틀에 감긴 무명 가위로 자르다가
옥관에 계신 님 생각에 비단 장막이 더욱 쓸쓸해요.

님의 옷 새로 지어 먼 길에 부치려니
희미한 등불 어둑한 벽에 어른거리고
울음 삼키며 편지 한 장을 써서 날 밝는 대로
남쪽 길 가는 역인 편에 부탁할까 그래요.

옷과 편지를 봉해놓고 뜨락을 거니노라니
반짝이는 은하수에 새벽 별이 밝아요.
찬 이불 뒤척이며 잠 못 이루는데
지는 달만 다정해서 병풍 속을 엿보네요.

구리병 물시계 소리에 겨울밤은 깊어만 가고
휘장에 달이 비치니 비단 이불이 싸늘해요.
궁궐의 갈까마귀는 두레박 소리에 놀라 흩어지고
동이 트자 다락 창가에 그림자 어른거려요.

주렴 앞에 시녀가 길어온 금병의 물 쏟으니
대야의 물, 손에는 섬뜩해도 연지 분 내음은 향그로워요.
시린 손 호호 불면서 눈썹을 그리자니
새장 속의 앵무새도 새벽 서리는 싫다네요.

이웃집 벗들이 웃으며 말하기를
옥 같은 얼굴이 님 생각에 핼쑥해졌다 그래요.
숯불 지핀 화로가 따뜻해서 봉황 피리를 불고
장막 안 고아주'를 봄술'로 올려요.

난간에 기대어 멀리 계신 님 그리워하니

말 타고 창 꼬나잡고 청해* 물가를 달리시겠지.

휘몰아치는 모래와 눈보라에 갖옷*은 해어졌을 테고

향그런 안방 그리워하며 눈물로 수건 적시겠지요.

- 새끼 염소를 넣어서 만든 술이다.
- 겨울에 빚어서 봄에 익은 술을 말한다.
- 청해성에 있는 큰 호수로 이 시에서는 군사들이 수자리를 지키는 변방을 의미한다.
- 짐승의 털가죽으로 안을 댄 옷.

심아지의 체를 받아서

1

긴 날의 햇빛이 붉은 정자에 비치고
맑은 물결이 파란 못에 일렁여요.
실버들 우거진 숲에 어여쁜 꾀꼬리 울음
꽃잎 떨어지니 제비들도 조잘거리네요.

진흙 길에 꽃신 더럽혀질까 봐
머리채 숙이니 옥비녀에 가득한 햇살.
병풍 둘러치니 아늑해진 비단요
봄빛에 젖어 강남 꿈이나 꿀까 그래요.

심
아
지
의
체
를
받
아
서
2

봄비에 배꽃 새하얗게 눈부시고

새벽 다 되도록 촛불이 밝아요.

우물가 갈까마귀 날이 밝자 놀라 날고요

대들보 제비도 새벽 바람에 그만 깜짝 놀라요.

비단 휘장 시름겨워 걷어 올리니
침상도 쓸쓸히 비어 있고요.
구름은 수레에 학을 태워 흘러가는 듯
다락의 동쪽엔 은하수만 고와요.

봄날의 느낌

한양*이 까마득해 애가 타는 나에게
쌍잉어에 소식을 넣어 한강 가에 전해왔어요.
꾀꼬리는 새벽부터 울고 시름 속에 비까지 내리는데
푸르러지는 버들은 봄볕 속에 하늘거려요.

섬돌 가에 푸른 풀이 엉켜 자라고
처량해라 거문고여, 보얀 먼지 쓰고 있어요.
그 누가 목란배 타고 오는 이를 기다리랴
광릉나루*에는 마름꽃만 새하얗게 피어 있어요.

• 시 원문은 '장대章臺'인데 이는 전국시대 진왕이 함양에 세운 궁전을
  가리키는 말이었다. 그 뒤부터는 훌륭한 궁전이나 번화한 거리를 뜻하
  는 말로 사용되었다. 이 시에는 남편이 공부하러 간 한양(오늘날의 서
  울)을 뜻한다.
• 난설헌의 집이 경기도 광주 경수마을에 있었고, 이곳을 광나루라 불렀다.

둘째 오라버니의 시

「견성암」운을 받아

1

높은 산마루에 구름이 일어 연꽃과 같고
낭떠러지 나무들은 이슬에 젖었어요.
경판각에 염불 외우던 스님, 선정에 들고요
법당에서 재를 끝내니 학도 소나무로 돌아가네요.

다래 덩굴 얽힌 낡은 집에는 도깨비 울고요
안개 자욱 가을 못에는 용의 기운이 서렸네요.
밤 깊어가며 향그런 등불 돌마루에 밝은데
동녘 숲에 달은 검게 물들고 쇠북 소리만 이따금 들려요.

둘째 오라버니의 시
「견성암」운을 받아
2

제단을 맑게 닦고 옥황님께 절을 올리자
희미한 새벽 별이 은하수 가에 반짝여요.
봄놀이 하는 선녀들 버선에서 향내가 나고
흐르는 물소리는 상비°가 빗속에서 타는 거문고 소리.

솔바람 소리 서늘해 빈집의 외로운 꿈은 깊고요
다락의 아지랑이 고운 꽃을 맑게 적셔요.
그윽한 마음은 삼매경을 깨치고도 남아
온종일 책상 앞에 앉아서 깊은 생각 헤매요.

• 중국 고대의 전설적인 왕인 순임금의 왕비인 아황과 여영이
순임금의 시체를 찾다가 끝내 찾지 못하고 상강에 빠져 죽었
다. 그 뒤부터 이 둘을 가리켜 '상비(湘妃)'라 불렀다.

죽
지
사.

1
공령 여울* 어구에 내린 비 이내 개이고
무협*의 어스름 안개 자욱해요.
한스러워라, 님의 마음도 저 물과 같이
아침에 나가더라도 저녁엔 돌아왔으면!

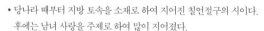

• 당나라 때부터 지방 토속을 소재로 하여 지어진 칠언절구의 시이다.
  후에는 남녀 사랑을 주제로 하여 많이 지어졌다.
• 호남성 북쪽에 있는 여울이다.
• 사천성의 명승인 무산 무협을 가리킨다. 초나라 회왕이 이곳에서 무
  산의 선녀를 만났다고 한다.

2

양동과 양서의 봄물은 출렁출렁

님의 배는 지난해 구당*으로 떠났지요.

파강 골짜기엔 잔나비 울음만 슬퍼

세 마디 못 듣고 간장이 끊어져요.

• 무협의 상류 기주에 있는 물살이 서센 골짜기이다.

3

우리 집은 강릉 땅 강가에 있어
문 앞으로 흐르는 물에 비단옷을 빨았지요.
아침나절 목란배 한가로이 매어두고는
짝지어 나는 원앙새 부럽게 보았지요.

4

영안궁* 밖은 바로 물살 급한 여울목이라
물결 위에 조각배 노 젓기 힘들어요.
밀물은 기약이 있어 절로 오건만
님 실은 배 한번 떠난 뒤 언제 오려나!

* 사천성 거주 어복현에 있는 궁궐로 촉나라 유비가 오랑캐를
  정벌할 때 지은 행궁이다.

버들가지 노래

1

안개 머금은 파수° 언덕의 버들가지를
길 떠나는 님에게 해마다 꺾어드려요.
헤어지는 아픔을 봄바람은 모르는지
늘어진 가지를 흔들어 길바닥 먼지만 쓸어요.

2

청루 서쪽 언덕에 버들꽃 흩어지고
아지랑이 낀 가지 난간을 스쳐요.
어느 집 도령이 백마를 채찍질하며 와서
버드나무 그늘에다 붉은 고삐를 맬까요.

3

파릉° 다리에서 위성° 서쪽까지
비에 잠긴 십리 강둑이 안개로 자욱해요.
버들가지에 말을 매던 내 님은 돌아오지를 않아
숲이 우거진들 향그런 풀만 같지 못해요.

- 중국 장안으로 흐르는 위수渭水의 지류이다. 장안 동쪽 강물 위에 있는 다리가 파교灞橋인데 이별할 때, 이곳에서 버들가지를 꺾어 보내곤 했다. 때문에 많은 시인들이 이 다리를 소재로 이별을 노래한 시를 지었다.
- 파수 가에 있는 한나라 문제의 능이다.
- 진나라 때 효공이 도읍했던 함양으로, 이곳에 위수渭水가 흘러 위성이라 했는데 뒷날 장안이 되었다.

4

버들가지는 가는 허리요 버들잎은 고운 눈썹
바람이 두렵고 비가 싫어서 나지막이 드리웠지요.
황금빛 고운 가지를 저마다 잡아당기고는
동풍까지 불어와 또 한 가지 꺾였지요.

5

안비영˚ 성안에는 봄이 무르익고
장아문˚ 밖 노란 버들가지 더욱 새로워요.
밉기도 해라, 파수 다릿목의 버들가지는
사람을 맞을 줄도 모르고 배웅해줄 줄도 모른대요.

˙ 역마를 다스리는 관서이다.
˙ 만리장성 성문 가운데 하나로 이 문밖 버드나무에 까마귀가 깃을 치고
　살았다고 하여 불린 이름이다.

밤마다 부르는 노래

1

애잔한 매미 소리에 바람마저 스산한데
연꽃 향기 스러지고 하얀 달만 높이 떴어요.
아낙네는 가위를 손에 쥐고서
긴긴밤을 등잔불 돋우며 군복을 꿰매지요.

2

물시계 소리 나직나직 등잔불 깜박이는데
비단 휘장 싸늘해지고 가을밤은 깊어가요.
변방에 보낼 옷 마르고 나니 가위도 차가운데
창에 가득한 파초 그림자만 바람에 흔들리네요.

3장

비단 수건에는 눈물 자국

느낀 대로 1

창가에 놓아둔 난초 화분
난초꽃 벙글어 향기 그윽했는데
건듯 가을바람 불어와
서리 맞은 듯 그만 시들었어요.

어여쁜 모습 비록 시들었지만
여전히 코끝에 맴도는 난초의 향기.
마치도 시든 난초가 나인 듯 싶어
흐르는 눈물 옷소매로 닦아요.

느
낀
대
로
2

대낮에도 인적이 없고
뽕나무 숲 올빼미만 우는 옛집.
섬돌에 이끼 돋아 푸르고
참새들은 또 빈 다락에 집을 지었어요.

예전엔 말과 수레 왁자하던 집
지금은 여우와 토끼의 소굴 됐으니
이제야 당신 말씀의 뜻 알겠어요.
부귀는 인간들 맘대로 되지 않는다는 것!

느낀 대로 3

이웃집 살림은 날로 좋아져
높은 다락에 풍악 소리 일어나는데
또 다른 이웃은 입을 옷도 없고요
쑥대밭 어우러진 집 배곯고 있다네요.

그런데 어찌 짐작이나 했을까요.
하루아침에 높은 다락 기울어지고
오히려 가난한 집을 부러워해요.
하늘의 운명은 어쩔 수 없는 일인가 봐요.

느낀 대로 4

지난밤 꿈엔 봉래산*에 올랐고요
맨발로 갈파의 용*을 밟았지요.
신선이 푸른 옥 지팡이 짚고
부용봉*에서 나를 반겨주셨어요.

동해의 바닷물 굽어보니
맑은 물 잔 속에 술같이 고였고요.
꽃 수풀 속 봉황이 피리를 부니
달빛이 황금 술잔에 어린 것 같았어요.

• 전설에서 나타나는 가상적 영산靈山인 삼신산三神山 가운데 하나이다.
• 한나라 도사 비장방費長房이 하남 신채현 억수澶水 왼쪽의 갈파에 지팡이를 던
  지자 용이 되었다는 전설이 있다. 이 시에서는 신선 세계에 올라갔다는 뜻이다.
• 중국 화산華山의 제일봉인 연화봉蓮花峰의 다른 이름이다.

아들의 죽음에 울다

지난해 귀여운 딸을 잃었고
올해는 또 사랑하는 아들이 떠났네.
슬프고도 슬프다, 광릉의 땅이여
두 무덤이 나란히 마주 보고 있구나.

사시나무 가지에는 오슬오슬 바람이 일고
숲속에선 도깨비불 반짝이는데
지전 태우며 너의 넋을 부르며
너의 무덤 앞에 술잔을 붓는다.

안다, 안다. 어미가 너희들 넋이나마
밤마다 만나 정답게 논다는 것.
비록 뱃속에 아기가 있다 하지만
어찌 제대로 자라기나 바랄 것이냐.

하염없이 슬픈 노래 부르며
피눈물 슬픈 울음 혼자 삼키네.

상강, 거문고의 노래

상강 굽어진 곳 파초꽃은 이슬 젖어서 피고
가을은 아홉 봉우리* 하늘 위에서 더욱 푸르러요.
용궁에 치는 스산한 파도는 한밤중 용울음 소리
남방의 아가씨* 노랫소리 옥구슬 구르는 듯 고와요.

짝 잃은 난새*와 봉황은 청오산*이 가로막히고
빗기운마저 강에 스미니 새벽 달빛도 으스름해요.
한가롭게 벼랑 위에서 거문고 뜯으니
꽃인 듯 달인 듯 타래머리 아가씨가 강에서 울어요.

• 광서성에서 발원하여 호남성으로 유입되는 호남성 최대의 강이다.
• 순임금 사당을 모신 구의산의 아홉 봉우리를 가리킨다.
• 청오산 남쪽 호남성 일대를 '만蠻'이라 불렀는데 이 고장의 아가씨를 말한다.
• 중국 전설에 나오는 상상의 새로 봉황과 비슷하다. 난조鸞鳥라고도 불린다.
• 남방에 있는 산의 이름이다.

하늘에는 은하수 뻗어 높고도 멀고요.
일산과 깃대가 오색구름 속에 가물거려요.
문밖에서 어부들 죽지가 노래 부르는데
은빛 호수에 반쯤 걸려 있는 사랑스런 조각달.

이의산의 체를 받아서 1

먼지 낀 거울이라 난새도 춤추지 않고
빈집이라 제비도 돌아오지를 않아요.
비단 이불엔 아직도 향기 남아 있건만
옷자락에 눈물 자국이 젖어 있어요.

님 그리는 단꿈은 물가를 헤매이는 꿈
형주*의 구름은 궁궐에 감도는데
오늘밤 서강의 저기 저 달님도
흘러 흘러서 님 계신 금미산을 비추겠지요.

• 호남성과 호북성 일대로 옛날 초나라 땅이며 행락지이다.

이
의
산
의

체
를

받
아
서

2

달 같은 얼굴 난새 가리개*로 가렸어도
향그런 분 내음은 꽃무늬치마에 묻어나요.
애교스런 진나라의 여인*에게
어찌 위장군*인들 눈물을 아꼈으리요.

옥갑에 연지분 거두어 닫고
향로에다 저녁 향불 바꿔 사를 때
고개 돌려 무협 밖을 건너다 보면
스치는 비와 먹구름조차 머뭇거려요.

• 난새를 탄 신선이 그려진 가리개로 이 시에서는 아름답다는 뜻으로 사용했다.
• 진나라의 전설적인 미녀 진라부秦羅敷가 가장 유명하다.
• 흉노를 일곱 번이나 토벌하여 큰 공을 세운 한나라의 장군 위청衛青이다.

처녀 시절 친구들에게

옛날 우리 놀던 길가에 초가집 짓고
날마다 큰 강물만 바라본단다.
거울에 새긴 난새 저 혼자 늙고
꽃밭의 나비도 가을날 신세.

쓸쓸한 모래밭에 기러기 내려앉고
저녁 비에 조각배 홀로이 돌아오는데
하룻밤 비단 창문에 갇힌 내 신세
어찌 어린 시절 놀이를 생각할 수 있으랴.

제비 꾀꼬리처럼 춤추고 노래하는 이, 이름은 막수°
나이 열다섯에 부평후°에게 시집을 갔대요.
화려한 집에 거문고 안고서 실컷 타며
화관을 즐겨 쓰고 옥황께 예를 올렸다네요.

구슬집에 달이 맑으면 퉁소 소리에 봉황새 내려오고요
창가에 구름 흩어지면 거울 속 난새도 걷혔어요.°
아침저녁으로 단 위에 향을 피우건만
학의 등에 이는 서늘한 바람 소리, 어느새 가을이어요.

- 도가의 수도원이다.
- 여자 도사를 이르는 말이다.
- 당나라 석성石城에 살던 여자인데 노래를 잘 불렀다고 한다.
- 한나라 장안세張安世인데 산동성 부평의 후작에 봉해졌다.
- 이 시에서는 부부 사이의 금슬이 좋지 않음을 뜻한다.

아침 해가 붉은 난간 주렴 위로 오르는데
천리향 꽃향기가 봄 시름을 더해줘요.
새로 단장하고도 아쉬워 거울 비춰 얼굴을 보고
깬 꿈이 못내 아쉬워 다락에서 내려오지 못해요.

누가 있어 새장에 앵무새를 가둘까요.

스스로 비단 휘장 드리우고 공후를 탑니다.

곱게 핀 붉은 분꽃 지는 것이 서럽다고

그대여 은대야에 흐르는 눈물 급히 씻지는 마시구려.

가난한 여인의 노래

1

얼굴이며 맵시, 남들한테 빠지는 게 아니에요.
바느질에 길쌈 솜씨는 또 어떠하구요.
다만 어려서부터 가난한 집안에 자라난 탓에
중매쟁이들 모두 날 몰라라 해서 그래요.

2

춥고 굶주려도 얼굴에 내색을 않고
하루 종일 창가에서 베만 짭니다.
부모님만은 가엾어라 여기시지만
이웃의 남들이야 어찌 이런 나 알겠나요?

3

밤 깊도록 쉬지 않고 베를 짜노라니
베틀 소리만 삐걱삐걱 처량하게 울려요.
베틀에는 베가 한 필 짜여 있지만
이 베가 마침내 누구의 옷감 될까요!

4

손에 가위 들고 옷감 자르면
밤도 차가워 열 손가락이 곱아와요.
남들 위해서 시집갈 옷 짓는다지만
해마다 나는 홀로 잠을 잔답니다.

최국보의 체를
본받아서

1

저에게 하나밖에 없는 금비녀.
시집올 때 머리 장식 꽂고 온 금비녀.
오늘 길 떠나시는 님에게 드리오니
천 리 길 멀리서도 날 잊지 말아주세요.

2

못가의 버들잎은 몇 개 안 남고
우물가 오동잎도 떨어집니다.
주렴 밖에 가을벌레 우는 이 계절에
날씨가 차가운데 이불까지 얇네요.

3

봄비가 자욱하게 연못에 내려
싸늘한 기운이 비단 휘장으로 스며요.
시름겨워 병풍에 기대어보니
담장 위의 살구꽃도 떨어집니다.

밤
에
앉
아
서

상자 속 비단을 가위로 잘라내어
손을 호호 불며 겨울옷을 지었지요.
등잔 그림자 가에서 옥비녀 뽑아 들고
불똥을 발라내며 불나비를 구해줬지요.

규방의 슬픔

1

비단 띠 비단 치마에 눈물 자국 겹쳤으니
해마다 풀을 보며 그 님을 원망해봅니다.
아쟁을 끌어다 강남곡 끝까지 타고나니
배꽃 스치는 빗줄기, 낮에도 문을 닫는답니다.

2

달 비추는 늦은 가을, 다락에 옥병풍 쓸쓸하고
갈대밭에 서리 내리자 저녁 기러기 내려요.
거문고 다 타도록 님은 보이지 않고
들판 연못에선 연꽃만 시들어 떨어지네요.

가을의 한

붉은 비단 가린 창에 등잔불이 붉은데
꿈 깨어보니 비단 이불 절반이 비었어요.
서리 내린 새장에 무심한 앵무새 지저귀고요
섬돌 위엔 오동잎이 서풍에 불어 가득해요.

한스런 마음을 읊다

봄바람 화창하여 온갖 꽃 피어나고
철 따라 만물이 번성하니 감회가 새로워요.
깊은 방에 묻혀서 그리움 끊으려 해도
님 생각 가슴에 머물면 심장이 터질 듯해요.

밤 이슥토록 잠을 이룰 수 없음이여!
새벽닭 우는 소리 꼬끼오 들리네요.
빈방에 비단 휘장이 둘러지고
옥돌계단에 푸른 이끼만 돋았어요.

깜박이던 등불도 꺼져 벽에 기대어 있으려니
비단 이불 어설퍼 추위가 이불 속으로 파고들어요.
베틀 소리 내며 회문금˙을 짜 보지만
무늬도 시원치 않고 마음만 어지러워요.

인생 운명을 타고남이여, 사람마다 차이가 많아
남들은 즐기며 살건만 이 내 몸은 쓸쓸하기만 하답니다.

• 남편을 멀리 떠나보낸 아내가 한 글자씩 수를 놓아서 편지
　대신 부쳤던 비단이다.

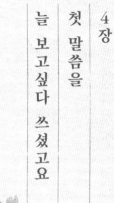

4장
첫 말씀을
늘 보고싶다 쓰셨고요

역양* 땅에서 자라난 오동나무
응달에서 몇 해나 견뎠던가.
다행히도 뛰어난 장인을 만나
베어지고 다듬어져 거문고 됐네.

다 만들어져 한 곡조 타보았건만
세상에 그 소리 아는 사람 하나도 없네.
이래서 광릉산조* 거문고 곡조가
끝내는 사람들에게 잊혀지고 말았나봐요.

* 강소성 역양산을 가리키며 오동나무로 유명하다.
* 진나라 죽림칠현 중 한 사람인 혜강嵆康이 신선으로부터 전수
받았다는 거문고 곡조이다. 혜강이 사형당한 뒤, 그 곡조가
전하지 않는다고 한다.

마음에 있는 말
2

봉황이 단산굴*에서 나오니
아홉 겹 깃무늬 찬란히 빛나네.
덕을 보여주며 천 길 높이도 날고
목청 뽑아 산 동쪽에서 울어대네.

벼나 조는 먹을 바가 아니요
오직 대나무 열매만 먹는다네.
그러나 어찌하여 저 오동나무 가지에는
올빼미와 솔개들만 득실거리나.

• 단산은 전설 속의 새인 봉황이 산다고 하는 상상 속의
  산이며 단산굴은 그곳에 있다는 굴이다.

113

나에게 고운 비단 한 필이 있어
먼지 털어내면 맑은 윤이 흘렀죠.
ㄱ 위에 마주 보게 수 놓인 봉황새 한 쌍
보기만 해도 눈이 부신 비단이었지요.

여러 해 장롱 속에 간직하다가

오늘 아침, 정표로 당신께 드립니다.

당신 바지 짓는 거야 아깝지 않지만

절대로 다른 여인네 치맛감으론 주지 마셔요.

보배로워라 정금이여
반달 모양 새긴 노리개.
시집올 때 시부모님 주신 거라서
이제껏 다홍치마에 차고 있었죠.

오늘 길 떠나는 당신에게 드리오니
서방님 정표로 차고 다니세요.
길가에 버리셔도 아깝지 않으나
새 여인 허리띠에 달아주면 아니 되어요.

요즘 들어 최경창과 백광훈 같은 시인들
성당*의 시법을 받아 시를 지으니
아무도 모르던 대아*의 시풍
이들을 만나 다시금 크게 떨치게 되었네.

낮은 벼슬아치는 벼슬 노릇이 어렵기도 해
변방의 고을살이 후배에게 밀려 시름도 겹네.
나이 들수록 벼슬길은 힘이 드니
시가 사람을 가난케 한다는 말 이제야 알겠네.

• 당나라 역사 가운데 가장 위대한 시인 묵객이 나와서 활동
하던 시기이다.
• 중국 「시경」의 풍風, 아雅, 송頌의 일부분을 가리킨다.

신선이 알록달록 봉황새 타고
밤중에 조원궁°에 내려오셨네.
붉은 깃발이 바다 구름에 흩날리고
예상우의곡°이 봄바람에 울리네.

요지의 봉우리에서 나를 맞으며
유하주° 한 잔을 마시라 하네.
푸른 빛 옥지팡이를 빌려주시며
부용봉°에 오르자고 인도하시네.

• 당나라 때 노자를 모신 사당인 조원각朝元閣인데, 이 시에서는 신선이 사는 궁전을 가리킨다.
• 선인仙人을 노래한 춤곡으로 당나라 현종 시절 선녀가 춤을 추며 부른 노래를 나공원이 받아썼다는 곡이다.
• 하늘나라 신선이 마신다는 술이다.
• 이 시에서는 아름다운 산이란 뜻으로 쓰였다.

멀리서 나를 찾아오신 손님
당신이 보내오신 잉어 한 쌍*을 주셨어요.
무엇이 들어있나 배를 갈라보았더니
그 속에 편지 한 장이 들었지 뭐에요.

첫 말씀을 '늘 보고 싶다' 쓰셨고요
그다음은 '잘 있느냐' 물으셨네요.
편지를 읽어가며 당신 뜻 알고는
눈물이 흘러서 옷자락을 적셨어요.

• 예부터 잉어는 편지를 상징하는 말로 쓰였으며 한 쌍은
  곧 편지 두 통을 가리킨다.

마
음
에
있
는
말
8

나무 나무 가지마다 물이 오르고
궁궁이 싹°도 가지런히 돋아났어요.
봄날이라 모두들 꽃 피우고 아름다운데
나만 홀로 자꾸만 서글퍼져요.

벽에는 오악도°를 걸어 놓고
책상머리엔 참동계°를 펼쳐 놓았으니
혹시라도 오는 길에 단사를 만들어내면
돌아오는 길에 순임금을 뵈올지 모르겠어요.

• 산골짜기 개울가에 자라서 도랑대라고 불리는 식물로
  천궁川芎이라고도 한다.
• 태산(동), 화산(서), 형산(남), 숭산(중앙), 황산(북) 등 다
  섯 개의 산을 그린 부적으로 오복을 가져다준다고 믿었다.
• 한나라 위백양魏伯陽이 지은 도가의 경전이다.

신선 세상을 바라보며

고운 꽃 산들바람에 파랑새 날아오르니
서왕모님* 기린 타고 봉래산 가시네.
난초 깃발에 꽃술 장식 눈부신 봉황수레어
미소 가득 난간에 기대어 요초*를 뜯네.

하늘에서 문득 바람 불어 푸른 치마 날리니
옥가락지와 옥패물이 부딪쳐서 쟁그랑쟁그랑.
어여쁜 선녀님들 두셋 거문고 소리 울리면
계수나무 수풀 봄 구름이 향기를 머금어요.

어느새 새벽이 와 부용각 잔치는 끝이 나고
푸른 옷 동자 하얀 학을 타고 바다를 건너요.
자줏빛 퉁소 소리에 오색 노을 걷히자
이슬 젖은 은하수에 새벽 별이 잠겨요.

• 도교에서 '곤륜산에 사는 선계의 성스러운 어머니',
  즉 '선녀들을 관장하는 여제'를 가리키는 말이다.
• 기이하고 아리따운 풀이다.

변방에 출정하는 노래 1

변방의 봉홧불, 황하에 비치니
군사들이 서울 집을 떠나가네.
창을 베개 삼아 눈밭에서 잠을 자며
말을 몰아서 사막에 다다르네.

북풍에 딱따기 소리 실려 오고
오랑캐 소식은 호드기 소리에 들려오네.
해마다 잘 지키건만
괴로워라 전쟁터로 끌려다니는 이 내 신세.

변방에 출정하는 노래 2

어젯밤 급한 격문*이 날아와
용성이 포위되었다고 알렸네.
호각 소리가 눈보라에 울리더니
칼 차고 금미산*에 내달리네.

오랜 수자리에 몸은 어느새 늙고
멀리 출정 길에 말 또한 수척하네.
사나이는 의기를 소중히 여기는 법
부디 하란*의 목을 매달고 개선하소서.

• 다급할 때 병정을 소집하는 글을 가리킨다. 시 원문에서는 '우서羽書'
  라고 했는데 화살에다 깃을 달아서 보내기 때문이다.
• 외몽고에 있는 산으로 흉노와의 전투가 자주 벌어지던 곳이다.
• 영하산 서쪽에서 동북쪽으로 황하까지 이어진 산의 이름이다. 이 시에
  서는 하란에 출몰하는 흉노의 수장을 가리킨다.

갑산으로 귀양 가는 하곡 오라버니께

머나먼 갑산으로 귀양 가는 나그네여
함경도 길 가시는 걸음 바쁘시리다.
쫓겨나는 신하야 가태부*지만
상감이야 어찌 초나라 희왕*이시겠는지요!

가을 햇살 비낀 언덕엔 강물이 찰랑찰랑
변방의 구름은 저녁놀에 얼굴 붉혀요.
서릿바람 맞으며 기러기떼 날아가는데
걸음마저 더디어 차마 길 가지 못하시리.

• 한나라 문제의 신하 가의賈誼인데, 문제가 공경公卿으로 등용하려 했으
나 중신들의 모함으로 태부로 밀려나 슬퍼한 끝에 32세에 요절하였다.
• 초나라의 왕이며 그는 간신들의 참소를 듣고 충신 굴원을 멀리하였지
만 귀양 보내는 선조는 그와 같지 않다는 뜻이다.

꿈에 시를 짓다

바다로 뻗은 봉우리가 큰 자라* 등을 밟고
여섯 마리 용*이 새벽에 구강*의 파도를 삼켰어요.
하늘에 솟은 다락이라 별에 가깝고
노을 비낀 하늘에는 해와 달이 높았지요.

금솥에는 불로장생의 단정수*가 가득하고
옥단에는 날이 개어 붉은 도포*를 말리고 있어요.
봉래산에 학을 타고 가기가 어찌 이리 어려울까요.
늙은 벽도* 아래로 피리를 불며 갔어요.

- 상상 속의 큰 자라로 삼신산三神山을 지고 있다고 한다.
- 「주역」의 '마치는 것과 시작하는 것을 크게 밝혀 육효六爻가 때때로 이뤄지
  니 때때로 여섯 마리 용을 타고 하늘에 오른다'에서 나온 것이다.
- 하나라의 우禹임금이 홍수를 막기 위해 아홉 갈래로 나눈 황하를 가리킨다.
- 불로장생의 우물물이다.
- 신선들이 입는 도포이다.
- 푸른 복숭아로 신선 세계에 있다고 한다.

심맹균의
「중명풍우도」에 부쳐

하늘에 무지개가 사다리처럼 걸려 있어서
신선이 맨발로 밟으며 가네.
거친 바람 산허리에 불자 물결이 일고
아득한 하늘가 나직한 구름이 소낙비로 내리네.

구슬을 입에 문 용은 물속에 잠겼는데
붕새는 날개 번득이며 지평선 멀리 사라지네.
어둑한 전각에 귀신이 우는 듯하고
채색 솜씨 넘칠 듯 힘차 정신이 아뜩해오네.

일산 수레가 헤매다가 푸른 단에 머무니
맑은 밤 계단에 방울 소리 쩔렁거리네.
불로장생하는 교서를 정중히 내리시고
오래 사는 신령한 처방을 자세히 살피시네.

새벽이슬이 꽃잎 적시니 은하수도 끊어지고
하늘 바람 달에 부니 학의 울음소리 날카롭네.
제사 올리는 향불 꺼지니 풍경 소리 울리고
계수나무 천 겹 만 겹 난간을 둘러섰네.

장사꾼 노래

1
아침에 의주성 물가를 떠나자
북풍이 맞바람으로 불어왔지요.
뱃전에서 저마다 술 실컷 마시고
달밤에 일제히 노 저어 왔지요.

2
바람 거세지자 물살 급해져
사흘 동안 여울에 묶여 있었죠.
젊은 아낙 뱃전에 걸터앉아서
향불 사르고 돈 셈을 배우네요.

3
돛 달고 바람 따라 잘 가다가
여울을 만나면 이내 머물죠.
서강의 물결이 워낙 사나워
어느 날에나 형주 땅에 갈 수 있을는지요!

성
쌓는
노래

1

천 사람이 일제히 달공이 쳐들고

지경을 다지니 땅 밑까지 쿵쿵쿵.

힘을 모아 잘들 쌓는다마는

운중 땅의 위상* 같은 사또는 세상에 없네요.

2

성을 쌓고서 또 밖에다 성을 쌓으니

성이 높아서 도적을 막기는 하겠지.

다만 수많은 도적이 쳐들어 와서

성을 두고서도 막지 못하면 어쩌나 심히 두렵네.

* 한나라 문제 때 운중 태수가 자신의 녹봉을 내어서 군사를 먹였다
  고 한다. 덕분에 군사들의 사기가 높아져 흉노들이 운중에 가까이
  오지 못했다고 전해진다.

하늘을 거니는 노래

1

난새를 타고 밤중에 봉래산•에 내려서
기린 수레 한가롭게 타고 향그런 풀잎을 밟아요.
바닷바람 불어와 벽도화를 꺾었는데
옥소반에는 안기의 대추•를 가득 따다 담았지요.

2

아홉 폭 무지개 치마에 가벼운 저고리 입고
학을 타고 찬바람 일며 하늘로 돌아가요.
요지•에는 달빛이 밝고 은하수도 스러졌는데
옥통소 소리에 삼색 구름•이 날아오르네요.

• 동해에 있는 삼신산의 하나로 신선이 살았다는 산이다.
• 신선 안기安期가 먹고 천년을 살았다는 대추이다.
• 서왕모가 산다는 곳이다.
• 상서로운 구름으로 삼색 구름을 휼雲이라 했다.

청루를 노래함

좁다란 길 청루가 십만 호나 잇달아

집집마다 문 앞에 수레가 늘어서 있네.

봄바람 불어와 님 그리는 버들 꺾어버리고

말 타고 온 손님은 떨어진 꽃잎 밟으며 돌아가네요.

• 귀인의 집에 푸른 칠을 했으므로 호화로운 집을 이
  르는 말이다.

수자리 노래

1

선봉장 나팔 불며 진영*을 나서는데
눈보라에 얼어붙어 깃발이 펄럭이지 않네.
구름 자욱한 사막 서편* 봉홧불 살펴보고는
밤 깊었는데도 기병들이 평원을 달려가네.

• 시 원문에서는 '원문轅門'이지만 군영軍營이나 감영監營의 문을
  가리키므로 '진영'이라 번역했다.
• '적磧'은 사막을 뜻하는 글자로 시 원문의 '적서磧西'는 고비사
  막의 서쪽을 가리킨다.

2

수자리*에 서글픈 호각소리 끊어진 듯하고
황사*가 만 리에 뒤덮여 하늘마저 막혔네.
내일 아침 오랑캐 군막에 패잔병 모인다고
정탐꾼이 돌아와서 활시위를 당겨보네.

- 시 원문의 '농수隴戍'는 감숙성 서쪽의 수자리를 가리킨다.
- 시 원문의 '황운黃雲'은 고비사막의 모래가 바람에 불려와 하늘
  을 누렇게 뒤덮은 형상을 뜻한다.

3
오랑캐 천여 무리 사막 서편으로 내려오니
고산°의 봉화가 동제°로 들어가네.
장군은 밤새 용성°으로 떠나가고
군사들은 진영에서 북을 크게 울리네.

4
추운 변방이라 봄이 없어 매화조차 없는데
누가 부는지 피리 소리로 들려오네.
깊은 밤 고향 꿈에 놀라서 깨어보니
밝은 달빛 혼자서 음산°의 망루를 비추네.

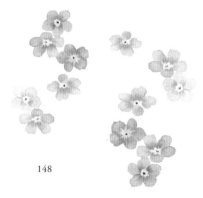

5

도호사*가 가을 침입을 막느라 갑옷 걸치고
성의 남쪽 겹겹 포위망을 풀어헤쳤네.
창칼에 묻은 흉노의 피 깨끗이 씻어
백마는 천산*의 눈을 밟으며 돌아오네.

- 산서성 만천현 서남쪽에 있는 산이다.
- 산서성에 있는 요새이다.
- 흉노족의 침입을 막기 위해 감숙성 공창에 쌓은 성이다.
- 서북방 곤륜산맥의 한 줄기로 이곳으로 흉노족이 자주 쳐들
  어왔다.
- 점령한 지역을 다스리는 지휘관이다.
- 신강성 남쪽에 있는 큰 산맥으로 여름에도 눈이 덮여 있어
  설산雪山이라고도 불린다.

요새로 들어가는 노래

1

임조*에서 싸움이 끝나 패한 말은 울고
패잔병 호각을 불며 빈 병영에 묵네.
회중*에선 변방이 무사하다 알려왔는데
날 저물자 평안성*에 봉화가 들어가네.

* 감숙성에서 안서로 가는 길목에 있는 요새지역이다.
* 감숙성 고원固原에 있는 행궁으로 회중궁, 회성回城이라고도 불렀다.
* 하북성 준하현 서남쪽 50리에 있는 성으로 당나라 태종이 요나라
  를 정벌하다가 병에 걸렸는데 이 성을 지나가다가 문득 병이 나았
  다 해서 평안성이라 불렀다고 한다.

2

화산 서쪽 열여섯 고을* 새로 되찾고
말안장에 월지*의 목을 매달고 돌아왔네.
길가에 나뒹구는 해골들 묻어줄 사람도 없어
백리 모래밭*에는 붉은 피만 흥건해라.

3

해가 지자 사막 서쪽에서 봉화*가 건너와
요새에 호각소리 탐정의 깃발 오르네.
사막 북쪽의 선우*를 이겼다고 소식 들리더니
백마 탄 장군이 요새로 돌아오네.

• 시 원문은 '산서山西'인데 만리장성 밖의 화산華山 서쪽 지방을 가
  리킨다. 명나라 때 16개 주로 나누어 다스렸다.
• 중앙아시아 있던 나라로 지금의 아프가니스탄 북쪽 우즈베키스탄
  일대를 가리킨다.
• 몽고의 고비사막을 뜻한다.
• 사막에서는 말이나 승냥이의 똥을 말려서 연기를 내어 봉화 삼았
  다. 시 원문은 '낭연狼烟'인데 이는 봉화에 해당되는 말이다.
• 흉노가 그들의 군주나 추장을 높여 이르던 이름이다.

4

붉은 활 흰 화살에 검은 갖옷 입었는데
파란 눈의 보라매가 비단 토시에 앉았네.
허리에 찬 황금 장군 도장이 말만큼이나 크니
장군께서 이제 금방 북평후*에 제수되셨네.

5

한나라의 군기가 음산에 뒤덮이니
오랑캐 필마도 살아 돌아가지 못하네.
국경을 평정하느라 애쓰신 반초 장군*
한평생 옥문관*만 바라보며 살았다네.

- 진나라 어사 장창張昶이다. 한나라에 투항했다가 관중關中을 평정하
  여 북평후에 봉해졌다.
- 한나라의 장군 반초班超이다. 서역 50여 나라를 평정한 공로로 정원
  후定遠候에 봉해졌다.
- 감숙성 돈황현敦煌縣 서쪽에 있으며 서역으로 통하는 만리장성의 관문.

꿈에 광상산*에 노닐다

푸른 바닷물이 구슬 바다를 넘나들고
파란 난새가 채색 난새와 어울렸구나.
부용꽃 스물일곱 송이 붉게 떨어지니
달빛 서리 위에서 차갑기만 하여라.

• 신선 세계 십주十洲 가운데서 가장 아름답다는 곳이다.

한시 원문

采蓮曲 연밥 따기 노래

秋淨長湖碧玉流,〔추정장호벽옥류〕　　荷花深處繫蘭舟.〔하화심처계란주〕
逢郎隔水投蓮子,〔봉랑격수투연자〕　　或被人知半日羞.〔혹피인지반일수〕

橫塘曲 횡당 못가에서

一

菱刺惹衣菱角大.〔능자야의능각대〕　　日落渚田潮未退.〔일락저전조미퇴〕
蓮葉盖頭當花冠,〔연엽개두당화관〕　　藕花結帶爲雜佩.〔우화결대위잡패〕

二

紅藕香殘風雨多,〔홍우향잔풍우다〕　　吳姬爭唱竹枝歌.〔오희쟁창죽지가〕
歸來日落橫塘口,〔귀래일락횡당구〕　　烟裏蘭橈響軋鴉.〔연리난요향알아〕

染指鳳仙花歌 봉숭아 꽃물 들이며

金盆夕露凝紅房.〔금분석로응홍방〕　　佳人十指纖纖長.〔가인십지섬섬장〕
竹碾搗出捲菘葉,〔죽년도출권숭엽〕　　燈前勤護雙鳴璫.〔등전근호쌍명당〕
粧樓曉起簾初捲,〔장루효기렴초권〕　　喜看火星抛鏡面.〔희간화성포경면〕
拾草疑飛紅蛺蝶,〔습초의비홍협접〕　　彈箏驚落桃花片.〔탄쟁경락도화편〕
徐勻粉頰整羅鬟,〔서균분협정라환〕　　湘竹臨江淚血斑.〔상죽림강루혈반〕
時把彩毫描却月,〔시파채호묘각월〕　　只疑紅雨過春山.〔지의홍우과춘산〕

長干行 장간리의 노래

一

家居長干里,〔가거장간리〕　　來往長干道.〔내왕장간도〕
折花問阿郎,〔절화문아랑〕　　何如妾貌好.〔하여첩모호〕

二

昨夜南風興,〔작야남풍흥〕　　船旗指巴水.〔선기지파수〕
逢着北來人,〔봉착북래인〕　　知君在揚子.〔지군재양자〕

157

江南曲 강남 노래

一

江南風日好,〔강남풍일호〕　綺羅金翠翹.〔기라금취교〕
相將採菱去,〔상장채릉거〕　齊盪木蘭橈.〔제탕목란요〕

二

人言江南樂,〔인언강남락〕　我見江南愁.〔아견강남수〕
年年沙浦口,〔연년사포구〕　腸斷望歸舟.〔장단망귀주〕

三

湖裏月初明,〔호리월초명〕　采蓮中夜歸.〔채련중야귀〕
輕橈莫近岸,〔경요막근안〕　恐驚鴛鴦飛.〔공경원앙비〕

四

生長江南村,〔생장강남촌〕　少年無別離.〔소년무별리〕
那知年十五,〔나지년십오〕　嫁與弄潮兒.〔가여롱조아〕

五

紅藕作裙衩,〔홍우작군차〕　白蘋爲雜佩.〔백빈위잡패〕
停丹下渚邊,〔정단하저변〕　共待寒潮退.〔공대한조퇴〕

西陵行 서릉의 노래

一

蘇小門前花正開.〔소소문전화정개〕　柳香和酒撲金杯.〔유향화주박금배〕
夜闌留得遊人醉,〔야란류득유인취〕　油壁車輕月裏回.〔유벽거경월리회〕

二

錢塘江上是儂家,〔전당강상시농가〕　五月初開菡萏花.〔오월초개함담화〕
半颭烏雲睡新覺,〔반타오운수신교〕　倚欄閑唱浪淘沙.〔의란한창랑도사〕

158

堤上行 둑길 위에서

長堤十里柳絲垂.〔장제십리유사수〕　隔水荷香滿客衣.〔격수하향만객의〕
向夜南湖明月白,〔향야남호명월백〕　女郎爭唱竹枝詞.〔여랑쟁창죽지사〕

鞦韆詞 그네뛰기 노래

一

隣家女伴競鞦韆.〔인가녀반경추천〕　結帶蟠巾學半仙.〔결대반건학반선〕
風送綵繩天上去,〔풍송채승천상거〕　佩聲時落綠楊烟.〔패성시락녹양연〕

二

蹴罷鞦韆整繡鞋.〔축파추천정수혜〕　下來無語立瑤階.〔하래무어립요계〕
蟬衫細濕輕輕汗,〔선삼세습경경한〕　忘却敎人拾墮釵.〔망각교인습타채〕

寄荷谷 하곡 오라버니께

暗窓銀燭低,〔암창은촉저〕　流螢度高閣.〔유형도고각〕
悄悄深夜寒,〔초초심야한〕　蕭蕭秋葉落.〔소소추엽락〕
關河音信稀,〔관하음신희〕　端憂不可釋.〔단우불가석〕
遙想靑蓮宮,〔요상청련궁〕　山空蘿月白.〔산공라월백〕

洞仙謠 님을 그리며

紫簫聲裏彤雲散.〔자소성리동운산〕　簾外霜寒鸚鵡喚.〔염외상한앵무환〕
夜闌孤燭照羅帷,〔야란고촉조라유〕　時見疎星度河漢.〔시견소성도하한〕
丁東銀漏響西風,〔정동은루향서풍〕　露滴梧枝語夕蟲.〔노적오지어석충〕
鮫綃帕上三更淚,〔교초파상삼경루〕　明日應留點點紅.〔명일응류점점홍〕

四時詞·春 봄의 노래

院落深沈杏花雨.〔원락심침행화우〕　流鶯啼在辛夷塢.〔유앵제재신이오〕
流蘇羅幕襲春寒,〔유소라막습춘한〕　博山輕飄香一縷.〔박산경표향일루〕
美人睡罷理新粧,〔미인수파리신장〕　香羅寶帶蟠鴛鴦.〔향라보대반원앙〕

斜捲重簾帖翡翠，〔사권중렴첩비취〕 懶把銀箏彈鳳凰，〔나파은쟁탄봉황〕
金勒雕鞍去何處，〔금륵조안거하처〕 多情鸚鵡當窓語，〔다정앵무당창어〕
草粘戲蝶庭畔迷，〔초점희접정반미〕 花胃游絲闌外舞，〔화견유사란외무〕
誰家池館咽笙歌，〔수가지관열생가〕 月照美酒金巨羅，〔월조미주금파라〕
愁人獨夜不成寐，〔수인독야불성매〕 曉起鮫綃紅淚多，〔효기교초홍루다〕

四時詞·夏 여름의 노래

槐陰滿地花陰薄，〔괴음만지화음박〕 玉簟銀床敞珠閣，〔옥점은상창주각〕
白苧衣裳汗凝珠，〔백저의상한응주〕 呼風羅扇搖羅幕，〔호풍라선요라막〕
瑤階開盡石榴花，〔요계개진석류화〕 日轉華簷簾影斜，〔일전화첨렴영사〕
雕梁畫永燕引雛，〔조량주영연인추〕 藥欄無人蜂報衙，〔약란무인봉보아〕
刺繡慵來午眠重，〔자수용래오면중〕 錦茵敲落釵頭鳳，〔금인고락채두봉〕
額上鵝黃膩睡痕，〔액상아황이수흔〕 流鶯喚起江南夢，〔유앵환기강남몽〕
南塘女伴木蘭舟，〔남당여반목란주〕 采采荷花歸渡頭，〔채채하화귀도두〕
輕橈齊唱采菱曲，〔경요제창채릉곡〕 驚起波間雙白鷗，〔경기파간쌍백구〕

四時詞·秋 가을의 노래

紗幮寒逼殘宵永，〔사주한핍잔소영〕 露下虛庭玉屛冷，〔노하허정옥병랭〕
池荷粉褪夜有香，〔지하분퇴야유향〕 井梧葉下秋無影，〔정오엽하추무영〕
丁東玉漏響西風，〔정동옥루향서풍〕 簾外霜多啼夕虫，〔염외상다제석충〕
金刀剪下機中素，〔금도전하기중소〕 玉關夢斷羅帷空，〔옥관몽단라유공〕
裁作衣裳寄遠客，〔재작의상기원객〕 悄悄蘭燈明暗壁，〔초초란등명암벽〕
含啼寫得一封書，〔함제사득일봉서〕 驛使明朝發南陌，〔역사명조발남맥〕
裁封已就步中庭，〔재봉이취보중정〕 耿耿銀河明曉星，〔경경은하명효성〕
寒衾轉輾不成寐，〔한금전전불성매〕 落月多情窺畫屛，〔낙월다정규화병〕

四時詞·冬 겨울의 노래

銅壺滴漏寒宵永，〔동호적루한소영〕 月照紗幃錦衾冷，〔월조사위금금랭〕
宮鴉驚散轆轤聲，〔궁아경산녹로성〕 曉色侵樓窓有影，〔효색침루창유영〕
簾前侍婢瀉金甁，〔염전시비사금병〕 玉盆手澁臙脂香，〔옥분수삽연지향〕

春山描就手屢呵,〔춘산묘취수루가〕　鸚鵡金籠嫌曉霜.〔앵무금롱혐효상〕
南隣女伴笑相語.〔남린여반소상어〕　玉容半爲相思瘦.〔옥용반위상사수〕
金爐獸炭暖鳳笙,〔금로수탄난봉생〕　帳底羔兒薦春酒.〔장저고아천춘주〕
憑闌忽憶塞北人.〔빙란홀억새북인〕　鐵馬金戈靑海濱.〔철마금과청해빈〕
驚沙吹雪黑貂弊,〔경사취설흑초폐〕　應念香閨淚滿巾.〔응념향규루만건〕

效沈亞之體·1 심아지의 체를 받아서·1

遲日明紅樹,〔지일명홍사〕　　晴波斂碧潭.〔청파렴벽담〕
柳深鶯睍睆,〔유심앵현완〕　　花落燕呢喃.〔화락연니남〕
泥潤埋金屐,〔이윤매금극〕　　鬟低膩玉簪.〔환저니옥잠〕
銀屛錦茵暖,〔은병금인난〕　　春色夢江南.〔춘색몽강남〕

效沈亞之體·2 심아지의 체를 받아서·2

春雨梨花白,〔춘우리화백〕　　宵殘小燭紅.〔소잔소촉홍〕
井鴉驚曙色,〔정아경서색〕　　梁燕怯晨風.〔양연겁신풍〕
錦幙凄涼捲,〔금막처량권〕　　銀床寂寞空.〔은상적막공〕
雲軿回鶴馭,〔운병회학어〕　　星漢綺樓東.〔성한기루동〕

春日有懷 봄날의 느낌

章臺迢遞斷腸人.〔장대초체장단인〕　雙鯉傳書漢水濱.〔쌍리전서한수빈〕
黃鳥曉啼愁裡雨,〔황조효제수리우〕　綠楊晴裊望中春.〔녹양청뇨망중춘〕
瑤階幕歷生靑草,〔요계막력생청초〕　寶瑟凄涼閒素塵.〔보슬처량한소진〕
誰念木蘭舟上客,〔수념목란주상객〕　白蘋花滿廣陵津.〔백빈화만광릉진〕

次仲氏見星庵韻·1 둘째 오라버니의 시「견성암」운을 받아·1

雲生高嶂濕芙蓉.〔운생고장습부용〕　琪樹丹崖露氣濃.〔기수단애로기농〕
板閣梵殘僧入定,〔판각범잔승입정〕　講堂齋罷鶴歸松.〔강당재파학귀송〕
蘿懸古壁啼山鬼,〔나현고벽제산귀〕　霧鎖秋潭臥燭龍.〔무쇄추담와촉룡〕
向夜香燈明石榻,〔향야향등명석탑〕　東林月黑有疎鍾.〔동림월흑유소종〕

次仲氏見星庵韻·2 둘째 오라버니의 시「견성암」운을 받아·2

淨掃瑤壇禮上仙. 〔정소요단예상선〕　曉星微隔絳河邊. 〔효성미격강하변〕
香生岳女春遊襪, 〔향생악녀춘유말〕　水落湘娥夜雨絃. 〔수락상아야우현〕
松韻冷侵虛殿夢, 〔송운랭침허전몽〕　天花晴濕石樓煙. 〔천화청습석루연〕
玄心已悟三三境, 〔현심이오삼삼경〕　盡日交床坐入禪. 〔진일교상좌입선〕

竹枝詞 죽지사

一

空舲灘口雨初晴. 〔공령탄구우초청〕　巫峽蒼蒼烟靄平. 〔무협창창연애평〕
長恨郎心似潮水, 〔장한랑심사조수〕　早時纔退暮時生. 〔조시재퇴모시생〕

二

瀼東瀼西春水長, 〔양동양서춘수장〕　郎舟去歲向瞿塘. 〔낭주거세향구당〕
巴江峽裏猿啼苦, 〔파강협리원제고〕　不到三聲已斷腸. 〔부도삼성이단장〕

三

家住江陵積石磯. 〔가주강릉적석기〕　門前流水浣羅衣. 〔문전유수완라의〕
朝來閑繫木蘭棹, 〔조래한계목란도〕　貪看鴛鴦相伴飛. 〔탐간원앙상반비〕

四

永安宮外是層灘. 〔영안궁외시층탄〕　灘上舟行多少難. 〔탄상주행다소난〕
潮信有期應自至, 〔조신유기응자지〕　郎舟一去幾時還. 〔낭주일거기시환〕

楊柳枝詞 버들가지 노래

一

楊柳含烟灞岸春. 〔양류함연파안춘〕　年年攀折贈行人. 〔연년반절증행인〕
東風不解傷離別, 〔동풍불해상리별〕　吹却低枝掃路塵. 〔취각저지소로진〕

二

靑樓西畔絮飛揚. 〔청루서반서비양〕　烟鎖柔條拂檻長. 〔연쇄유조불함장〕
何處少年鞭白馬, 〔하처소년편백마〕　綠陰來繫紫遊韁. 〔녹음래계자유강〕

三

灞陵橋畔渭城西,〔파릉교반위성서〕　雨鎖煙籠十里堤.〔우쇄연롱십리제〕
繫得王孫歸意切,〔계득왕손귀의절〕　不同芳草綠萋萋.〔부동방초록처처〕

四

條妬纖腰葉妬眉,〔조투섬요엽투미〕　怕風愁雨盡低垂.〔파풍수우진저수〕
黃金穗短人爭挽,〔황금수단인쟁만〕　更被東風折一枝.〔갱피동풍절일지〕

五

按轡營中占一春,〔안비영중점일춘〕　藏鴉門外麴絲新.〔장아문외국사신〕
生憎灞水橋頭樹,〔생증파수교두수〕　不解迎人解送人.〔불해영인해송인〕

夜夜曲 밤마다 부르는 노래

一

蟪蛄切切風騷騷,〔혜고절절풍소소〕　芙蓉香褪氷輪高.〔부용향퇴빙륜고〕
佳人手把金錯刀,〔가인수파금착도〕　挑燈永夜縫征袍.〔도등영야봉정포〕

二

玉漏微微燈耿耿,〔옥루미미등경경〕　羅幃寒逼秋宵永.〔나위한핍추소영〕
邊衣裁罷剪刀冷,〔변의재파전도냉〕　滿窓風動芭蕉影.〔만창풍동파초영〕

感遇·1 느낀 대로·1

盈盈窓下蘭,〔영영창하란〕　枝葉何芬芳.〔지엽하분방〕
西風一披拂,〔서풍일피불〕　零落悲秋霜.〔영락비추상〕
秀色縱凋悴,〔수색종조췌〕　淸香終不死.〔청향종불사〕
感物傷我心,〔감물상아심〕　涕淚沾衣袂.〔체루첨의몌〕

感遇·2 느낀 대로·2

古宅晝無人,〔고택주무인〕　桑樹鳴鵂鶹.〔상수명휴류〕
寒苔蔓玉砌,〔한태만옥체〕　鳥雀栖空樓.〔조작서공루〕

向來車馬地,〔향래거마지〕 今成狐兎丘.〔금성호토구〕
乃知達人言,〔내지달인언〕 富貴非吾求.〔부귀비오구〕

感遇·3 느낀 대로·3

東家勢炎火,〔동가세염화〕 高樓歌管起.〔고루가관기〕
北隣貧無衣,〔북린빈무의〕 枵腹蓬門裏.〔효복봉문리〕
一朝高樓傾,〔일조고루경〕 反羨北隣子.〔반선북린자〕
盛衰各遞代,〔성쇠각체대〕 難可逃天理.〔난가도천리〕

感遇·4 느낀 대로·4

夜夢登蓬萊,〔야몽등봉래〕 足躡葛陂龍.〔족섭갈파룡〕
仙人綠玉杖,〔선인녹옥장〕 邀我芙蓉峰.〔요아부용봉〕
下視東海水,〔하시동해수〕 澹然若一杯.〔담연약일배〕
花下鳳吹笙,〔화하봉취생〕 月照黃金罍.〔월조황금뢰〕

哭子 아들의 죽음에 울다

去年喪愛女,〔거년상애여〕 今年喪愛子.〔금년상애자〕
哀哀廣陵土,〔애애광릉토〕 雙墳相對起.〔쌍분상대기〕
蕭蕭白楊風,〔소소백양풍〕 鬼火明松楸.〔귀화명송추〕
紙錢招汝魄,〔지전초여백〕 玄酒奠汝丘.〔현주전여구〕
應知弟兄魂,〔응지제형혼〕 夜夜相追遊.〔야야상추유〕
縱有腹中孩,〔종유복중해〕 安可冀長成.〔안가기장성〕
浪吟黃臺詞,〔낭음황대사〕 血泣悲呑聲.〔혈읍비탄성〕

湘絃謠 상강 거문고의 노래

蕉花泣露湘江曲,〔초화읍로상강곡〕 九點秋煙天外綠.〔구점추연천외록〕
水府涼波龍夜吟,〔수부량파룡야음〕 蠻娘輕憂玲瓏玉.〔만랑경알령롱옥〕
離鸞別鳳隔蒼梧,〔이난별봉격창오〕 雨氣侵江迷曉珠.〔우기침강미효주〕
閑撥神絃石壁上,〔한발신현석벽상〕 花鬟月鬢啼江姝.〔화환월빈제강주〕

164

瑤空星漢高超忽,〔요공성한고초홀〕　羽盖金支五雲沒.〔우개금지오운몰〕
門外漁郎唱竹枝,〔문외어랑창죽지〕　銀潭半掛相思月.〔은담반괘상사월〕

效李義山體·1 이의산 체를 받아서·1

鏡暗鸞休舞,〔경암란휴무〕　樑空燕不歸.〔양공연불귀〕
香殘蜀錦被,〔향잔촉금피〕　淚濕越羅衣.〔누습월라의〕
楚夢迷蘭渚,〔초몽미란저〕　荊雲落粉闈.〔형운락분위〕
西江今夜月,〔서강금야월〕　流影照金微.〔유영조금미〕

效李義山體·2 이의산 체를 받아서·2

月隱驂鸞扇,〔월은참란선〕　香生簇蝶裙.〔향생족접군〕
多嬌秦地女,〔다교진지녀〕　有淚衛將軍.〔유루위장군〕
玉匣收殘粉,〔옥갑수잔분〕　金爐換夕熏.〔금로환석훈〕
回頭巫峽外,〔회두무협외〕　行雨雜行雲.〔행우잡행운〕

寄女伴 처녀 시절 친구들에게

結廬臨古道,〔결로임고도〕　日見大江流.〔일견대강류〕
鏡匣鸞將老,〔경갑난장로〕　花園蝶已秋.〔화원접이추〕
寒沙初下鴈,〔한사초하안〕　暮雨獨歸舟.〔모우독귀주〕
一夕紗窓閉,〔일석사창폐〕　那堪憶舊遊.〔나감억구유〕

宿慈壽宮贈女冠 자수궁에서 자면서 여관에게 드리다

燕舞鶯歌字莫愁.〔연무앵가자막수〕　十五嫁與富平侯.〔십오가여부평후〕
厭携瑤瑟彈珠閣,〔염휴요슬탄주각〕　喜着花冠禮玉樓.〔희착화관예옥루〕
琳館月明簫鳳下,〔임관월명소봉하〕　綺窓雲散鏡鸞收.〔기창운산경란수〕
焚香朝暮空壇上,〔분향조모공단상〕　鶴背泠風一陣秋.〔학배령풍일진추〕

次孫內翰北里韻 손한사의 시「북리」의 운을 받아

初日紅欄上玉鉤,〔초일홍란상옥구〕 丁香千結織春愁,〔정향천결직춘수〕
新粧滿面猶看鏡,〔신장만면유간경〕 殘夢關心懶下樓,〔잔몽관심라하루〕
誰鎖彫籠護鸚鵡,〔수쇄조롱호앵무〕 自垂羅幬倚箜篌,〔자수나막의공후〕
嫣紅落粉堪惆悵,〔언홍낙분감추창〕 莫把銀盆洗急流.〔막파은분세급류〕

貧女吟 가난한 여인의 노래

一

豈是乏容色,〔기시핍용색〕 工鍼復工織.〔공침부공직〕
少小長寒門,〔소소장한문〕 良媒不相識.〔양매불상식〕

二

不帶寒餓色,〔부대한아색〕 盡日當窓織.〔진일당창직〕
唯有父母憐,〔유유부모련〕 四隣何會識.〔사린하회식〕

三

夜久織未休,〔야구직미휴〕 戞戞鳴寒機.〔알알명한기〕
機中一匹練,〔기중일필연〕 終作阿誰衣.〔종작아수의〕

四

手把金剪刀,〔수파금전도〕 夜寒十指直.〔야한십지직〕
爲人作嫁衣,〔위인작가의〕 年年還獨宿.〔연년환독숙〕

效崔國輔體 최국보의 체를 본받아서

一

妾有黃金釵,〔첩유황금채〕 嫁時爲首飾.〔가시위수식〕
今日贈君行,〔금일증군행〕 千里長相憶.〔천리장상억〕

二

池頭楊柳疎,〔지두양류소〕 井上梧桐落.〔정상오동락〕
簾外候虫聲,〔염외후충성〕 天寒錦衾薄.〔천한금금박〕

三

春雨暗西池,〔춘우암서지〕　輕寒襲羅幕.〔경한습라막〕
愁倚小屏風,〔수의소병풍〕　墙頭杏花落.〔장두행화락〕

夜坐 밤에 앉아서

金刀剪出篋中羅.〔금도전출협중라〕　裁就寒衣手屢呵.〔재취한의수루가〕
斜拔玉釵燈影畔,〔사발옥채등영반〕　剔開紅焰救飛蛾.〔척개홍염구비아〕

閨怨 규방의 슬픔
一

錦帶羅裙積淚痕.〔금대나군적루흔〕　一年芳草恨王孫.〔일년방초한왕손〕
瑤箏彈盡江南曲,〔요쟁탄진강남곡〕　雨打梨花晝掩門.〔우타이화주엄문〕

二

月樓秋盡玉屏空.〔월루추진옥병공〕　霜打蘆洲下暮鴻.〔상타노주하모홍〕
瑤瑟一彈人不見,〔요슬일탄인불견〕　藕花零落野塘中.〔우화영락야당중〕

秋恨 가을의 한

絳紗遙隔夜燈紅.〔강사요격야등홍〕　夢覺羅衾一半空.〔몽각라금일반공〕
霜冷玉籠鸚鵡語,〔상냉옥롱앵무어〕　滿階梧葉落西風.〔만계오엽락서풍〕

恨情一疊 한스런 마음을 읊다

春風和兮百花開.〔춘풍화혜백화개〕　節物繁兮萬感來.〔절물번혜만감래〕
處深閨兮思欲絕.〔처심규혜사욕절〕　懷伊人兮心腸裂.〔회이인혜심장렬〕
夜耿耿而不寐兮,〔야경경이불매혜〕　聽晨鷄之喈喈.〔청신계지개개〕
羅帷兮垂堂,　〔라유혜수당〕　玉階兮生苔.　〔옥계혜생태〕
殘燈翳而背壁兮,〔잔등예이배벽혜〕　錦衾悄而寒侵下.〔금금초이한침하〕
鳴機兮織回文,　〔명기혜직회문〕　文不成兮亂愁心.〔문불성혜난수심〕
人生賦命兮有厚薄,〔인생부명혜유후박〕任他歡娛兮身寂寞.〔임타환오혜신적막〕

遣興·1 마음에 있는 말·1

梧桐生嶧陽,〔오동생역양〕	幾年傲寒陰.〔기년오한음〕
幸遇稀代工,〔행우희대공〕	劚取爲鳴琴.〔촉취위명금〕
琴成彈一曲,〔금성탄일곡〕	擧世無知音.〔거세무지음〕
所以廣陵散,〔소이광릉산〕	終古聲埋沈.〔종고성인침〕

遣興·2 마음에 있는 말·2

鳳凰出丹穴,〔봉황출단혈〕	九苞燦文章.〔구포찬문장〕
覽德翔千仞,〔남덕상천인〕	喈喈鳴朝陽.〔홰홰명조양〕
稻梁非所求,〔도량비소구〕	竹實乃其飧.〔죽실내기손〕
奈何梧桐枝,〔내하오동지〕	反棲鴟與鳶.〔반서치여연〕

遣興·3 마음에 있는 말·3

我有一端綺,〔아유일단기〕	拂拭光凌亂.〔불식광능란〕
對織雙鳳凰,〔대직쌍봉황〕	文章何燦爛.〔문장하찬란〕
幾年篋中藏,〔기년협중장〕	今朝持贈郎.〔금조지증랑〕
不惜作君袴,〔불석작군고〕	莫作他人裳.〔막작타인상〕

遣興·4 마음에 있는 말·4

精金凝寶氣,〔정금응보기〕	鏤作半月光.〔누작반월광〕
嫁時舅姑贈,〔가시구고증〕	繫在紅羅裳.〔계재홍라상〕
今日贈君行,〔금일증군행〕	願君爲雜佩.〔원군위잡패〕
不惜棄道上,〔불석기도상〕	莫結新人帶.〔막결신인대〕

遣興·5 마음에 있는 말·5

近者崔白輩,〔근자최백배〕	攻詩軌盛唐.〔공시궤성당〕
寥寥大雅音,〔요요대아음〕	得此復鏗鏘.〔득차부갱장〕
下僚困光祿,〔하료곤광록〕	邊郡愁積薪.〔변군수적신〕
年位共零落,〔연위공영락〕	始信詩窮人.〔시신시궁인〕

遣興·6 마음에 있는 말·6

仙人騎綵鳳, 〔선인기채봉〕	夜下朝元宮. 〔야하조원궁〕
絳幡拂海雲, 〔강번불해운〕	霓衣鳴春風. 〔예의명춘풍〕
邀我瑤池岑, 〔요아요지잠〕	飮我流霞鐘. 〔음아유하종〕
借我綠玉杖, 〔차아녹옥장〕	登我芙蓉峰. 〔등아부용봉〕

遣興·7 마음에 있는 말·7

有客自遠方, 〔유객자원방〕	遺我雙鯉魚. 〔유아쌍리어〕
剖之何所見, 〔부지하소견〕	中有尺素書. 〔중유척소서〕
上言長相思, 〔상언장상사〕	下問今何如. 〔하문금하여〕
讀書知君意, 〔독서지군의〕	零淚沾衣裾. 〔영루첨의거〕

遣興·8 마음에 있는 말·8

芳樹藹初綠, 〔방수애초록〕	蘼蕪葉已齊. 〔미무엽이제〕
春物自妍華, 〔춘물자연화〕	我獨多悲悽. 〔아독다비처〕
壁上五岳圖, 〔벽상오악도〕	牀頭參同契. 〔상두참동계〕
煉丹倘有成, 〔연단당유성〕	歸謁蒼梧帝. 〔귀알창오제〕

望仙謠 신선 세상을 바라보며

瓊花風軟飛靑鳥. 〔경화풍연비청조〕	王母麟車向蓬島. 〔왕모린거향봉도〕
蘭旌蘂帔白鳳駕, 〔난정예피백봉가〕	笑倚紅闌拾瑤草. 〔소의홍란습요초〕
天風吹擘翠霓裳, 〔천풍취벽취예상〕	玉環瓊佩聲丁當. 〔옥환경패성정당〕
素娥兩兩鼓瑤瑟, 〔소아양량고요슬〕	三花珠樹春雲香. 〔삼화주수춘운향〕
平明宴罷芙蓉閣, 〔평명연파부용각〕	碧海靑童乘白鶴. 〔벽해청동승백학〕
紫簫吹徹彩霞飛, 〔자소취철채하비〕	露濕銀河曉星落. 〔노습은하효성락〕

出塞曲·1 변방에 출정하는 노래·1

烽火照長河. 〔봉화조장하〕	天兵出漢家. 〔천병출한가〕
枕戈眠白雪, 〔침과면백설〕	驅馬到黃沙. 〔구마도황사〕

朔吹傳金柝,〔삭취전금탁〕　邊聲入塞笳.〔변성입새가〕
年年長結束,〔연년장결속〕　辛苦逐輕車.〔신고축경거〕

出塞曲·2 변방에 출정하는 노래·2

昨夜羽書飛,〔작야우서비〕　龍城報合圍.〔용성보합위〕
寒笳吹朔雪,〔한가취삭설〕　玉劍赴金微.〔옥검부금미〕
久戌人偏老,〔구수인편로〕　長征馬不肥.〔장정마불비〕
男兒重義氣,〔남아중의기〕　會繫賀蘭歸.〔회계하란귀〕

送荷谷謫甲山 갑산으로 귀양 가는 하곡 오라버니께

遠謫甲山客,〔원적갑산객〕　咸原行色忙.〔함원행색망〕
臣同賈太傅,〔신동가태부〕　主豈楚懷王.〔주기초회왕〕
河水平秋岸,〔하수평추안〕　關雲欲夕陽.〔관운욕석양〕
霜風吹雁去,〔상풍취안거〕　中斷不成行.〔중단불성행〕

夢作 꿈에 시를 짓다

橫海靈峰壓巨鰲,〔횡해령봉압거오〕　六龍晨吸九河濤.〔육룡신흡구하도〕
中天樓閣星辰近,〔중천루각성진근〕　上界煙霞日月高.〔상계연하일월고〕
金鼎滿盛丹井水,〔금정만정단정수〕　玉壇晴曬赤霜袍.〔옥단청쇄적상포〕
蓬萊鶴駕歸何晚,〔봉래학가귀하만〕　一曲吹笙老碧桃.〔일곡취생로벽도〕

題沈孟鈞中溟風雨圖 심맹균의 「중명풍우도」에 부쳐

虹甃中宵有天梯,〔홍체중소유천제〕　仙人素足踏雙霓.〔선인소족답쌍예〕
獰風吹壁海濤立,〔영풍취벽해도립〕　驟雨暗空雲色低.〔취우암공운색저〕
龍抱火珠潛水宅,〔용포화주잠수택〕　鵬翻逸翮隱坤霓.〔붕번일핵은곤예〕
沈沈深殿鬼神泣,〔침침심전귀신읍〕　彩筆淋漓元氣迷.〔채필임리원기미〕

皇帝有事天壇 황제가 천단에 제사 지낼 때

羽盖徘徊駐碧壇,〔우개배회주벽단〕　璧堦淸夜語和鑾.〔벽계청야어화란〕

長生錦誥丁寧說,〔장생금고정녕설〕　延壽靈方仔細看.〔연수영방자세간〕
曉露濕花河影斷,〔효로습화하영단〕　天風吹月鶴聲寒.〔천풍취월학성한〕
齋香燒罷敲鳴磬,〔재향소파고명경〕　玉樹千重遶曲欄.〔옥수천중요곡란〕

賈客詞 장사꾼 노래

一
朝發宜都渚,〔조발의도저〕　北風吹五兩.〔북풍취오량〕
船頭各澆酒,〔선두각요주〕　月下齊盪槳.〔월하제탕장〕

二
疾風吹水急,〔질풍취수급〕　三日住層灘.〔삼일주층탄〕
少婦船頭坐,〔소부선두좌〕　焚香學箅錢.〔분향학산전〕

三
掛席隨風去,〔괘석수풍거〕　逢灘卽滯留.〔봉탄즉체류〕
西江波浪惡,〔서강파랑악〕　幾日到荊州.〔기일도형주〕

築城怨 성 쌓는 노래

一
千人齊抱杵,〔천인제포저〕　土底隆隆響.〔토저융륭향〕
努力好操築,〔노력호조축〕　雲中無魏尙.〔운중무위상〕

二
築城復築城,〔축성부축성〕　城高遮得賊.〔성고차득적〕
但恐賊來多,〔단공적래다〕　有城遮未得.〔유성차미득〕

步虛詞 하늘을 거니는 노래

一

乘鸞夜下蓬萊島.〔승란야하봉래도〕　閑輾麟車踏瑤草.〔한전린거답요초〕
海風吹折碧桃花.〔해풍취절벽도화〕　玉盤滿摘安期棗.〔옥반만적안기조〕

二

九霞裙幅六銖衣.〔구하군폭육수의〕　鶴背冷風紫府歸.〔학배냉풍자부귀〕
瑤海月明星漢落.〔요해월명성한락〕　玉簫聲裏翥雲飛.〔옥소성리흐운비〕

靑樓曲 청루를 노래함

夾道靑樓十萬家.〔협도청루십만가〕　家家門巷七香車.〔가가문항칠향거〕
東風吹折相思柳.〔동풍취절상사류〕　細馬驕行踏落花.〔세마교행답락화〕

塞下曲 수자리 노래

一

前軍吹角出轅門.〔전군취각출원문〕　雪撲紅旗凍不翻.〔설박홍기동불번〕
雲暗磧西看候火.〔운암적서간후화〕　夜深遊騎獵平原.〔야심유기엽평원〕

二

隴戍悲笳咽不通.〔농수비가열불통〕　黃雲萬里塞天空.〔황운만리색천공〕
明朝蕃帳收殘卒.〔명조번장수잔졸〕　探馬歸來試擘弓.〔탐마귀래시벽궁〕

三

虜馬千群下磧西.〔노마천군하적서〕　孤山烽火入銅鞮.〔고산봉화입동제〕
將軍夜發龍城北.〔장군야발룡성북〕　戰士連營擊鼓鼙.〔전사연영격고비〕

四

寒塞無春不見梅.〔한새무춘불견매〕　邊人吹入笛聲來.〔변인취입적성래〕
夜深驚起思鄕夢.〔야심경기사향몽〕　月滿陰山百尺臺.〔월만음산백척대〕

五

都護防秋掛鐵衣,〔도호방추괘철의〕 城南初解十重圍.〔성남초해십중위〕
金戈渫盡單于血,〔금과설진선우혈〕 白馬天山踏雪歸.〔백마천산답설귀〕

入塞曲 요새로 들어가는 노래

一

戰罷臨洮敗馬鳴,〔전파임조패마명〕 殘軍吹角宿空營.〔잔군취각숙공영〕
回中近報邊無事,〔회중근보변무사〕 日暮平安火入城.〔일모평안화입성〕

二

新復山西十六州,〔신복산서십육주〕 馬鞍懸取月支頭.〔마안현취월지두〕
河邊白骨無人葬,〔하변백골무인장〕 百里沙場戰血流.〔백리사장전혈류〕

三

落日狼烟度磧來,〔낙일낭연도적래〕 塞門吹角探旗開.〔새문취각탐기개〕
傳聲漠北單于破,〔전성막북선우파〕 白馬將軍入塞回.〔백마장군입새회〕

四

騂弓白羽黑貂裘,〔성궁백우흑초구〕 綠眼胡鷹踏錦鞲.〔녹안호응답금구〕
腰下黃金印如斗,〔요하황금인여두〕 將軍初拜北平侯.〔장군초배북평후〕

五

漢家征旆滿陰山,〔한가정패만음산〕 不遣胡兒匹馬還.〔불견호아필마환〕
辛苦總戎班定遠,〔신고총융반정원〕 一生猶望玉門關.〔일생유망옥문관〕

夢遊廣桑山 꿈에 광상산에 노닐다

碧海侵瑤海,〔벽해침요해〕 靑鸞倚彩鸞.〔청란의채란〕
芙蓉三九朶,〔부용삼구타〕 紅墮月霜寒.〔홍타월상한〕

푸른바닷물이

구슬바드를넘나둘고

푸른난새가

치식난새와어울렷구나

부용꽂스물닐곱송이

불기썰어지니

둘빗서리위잇셔

차굽기만ᄒ여라

그대 만나려고
물 너머로 연밥을 던졌다가

1판 1쇄 발행 2018년 8월 20일
1판 3쇄 발행 2021년 11월 24일

편역 나태주
그림 혜강

발행인 양원석
편집장 차선화
책임편집 이슬기
영업마케팅 양정길, 강효경, 정다은, 김보미

펴낸 곳 ㈜알에이치코리아
주소 서울시 금천구 가산디지털2로 53, 20층 (가산동, 한라시그마밸리)
편집문의 02-6443-8916   도서문의 02-6443-8800
홈페이지 http://rhk.co.kr
등록 2004년 1월 15일 제2-3726호

ISBN 978-89-255-6457-9 (03810)